LSJ EDITIONS

Les bêtises de Lili

LSJ EDITIONS
Chroniques humoristiques

Linda Saint Jalmes

Les bêtises de Lili

LSJ EDITIONS
Chroniques humoristiques

~ Les romans de l'auteur disponibles chez LSJ Éditions ~
(Brochés, numériques et audios en cours)

La saga des enfants des dieux (fantastique, aventure, pour adultes) :

1 – Terrible Awena (disponible en audio)
2 – Sophie-Élisa (disponible en audio)
3 – Cameron
4 – Diane
5 – Eloïra

La Saga des Croz (fantastique, aventure, pour adultes) :

1 – La malédiction de Kalaan
2 – Le collier ensorcelé
3 – Val' Aka

Passion Flora (mini-roman érotique, pour adultes)

Les bêtises de Lili (tout public, humour, anecdotes)

The Curse of Kalaan (traduction en anglais US du tome 1 des Croz)
Romances Fantastiques : Nouvelles – édition 1
    Trois nouvelles : Second Souffle, Le Naohïm de Noël, Le prix d'un nouveau monde.

La saga Bhampair (fantastique, dark)

Bhampair : 1 - Aaron Dorsey
Bhampair : 2 – Lune Noire *(en cours de préparation)*

LSJ EDITIONS

Le Code de la propriété intellectuelle et artistique n'autorisant, aux termes des alinéas 2 et 3 de l'article L.122-5, d'une part, que les « copies ou reproductions strictement réservées à l'usage privé du copiste et non destinées à une utilisation collective » et, d'autre part, que les analyses et les courtes citations dans un but d'exemple et d'illustration, « toute représentation ou reproduction intégrale, ou partielle, faite sans le consentement de l'auteur ou de ses ayants droit ou ayants cause, est illicite » (alinéa 1 er de l'article L. 122-4). « Cette représentation ou reproduction, par quelque procédé que ce soit, constituerait donc une contrefaçon sanctionnée par les articles 425 et suivants du Code pénal. » Pour les publications destinées à la jeunesse, la Loi n°49-956 du 16 juillet 1949, est appliquée.

© Linda Saint Jalmes
© Illustration de couverture et du livre : Linda Saint Jalmes
ISBN : 9782490940486
Dépôt légal : Juillet 2023

LSJ Éditions
22 rue du Pourquoi-Pas
29200 Brest

www.lindasaintjalmesauteur.com

~ Les liens pour suivre Linda Saint Jalmes ~

Site officiel et boutique :
https://www.lindasaintjalmesauteur.com/
(Dans la boutique du site : Parfum *Awena*)

Facebook :
https://www.facebook.com/LSJauteur
Instagram :
https://www.instagram.com/linda_saintjalmes/
Pinterest :
https://www.pinterest.fr/lindasaintjalmes/
Tik Rok :
https://www.tiktok.com/@linda.saintjalmes_auteur?lang=fr

Je peux confirmer que la poisse est héréditaire, ou alors, qu'une famille n'a le droit qu'à un seul ange gardien. Pas n'importe lequel dans ce cas précis, non, il s'agit d'un ange gardien gaffeur.
Et le nôtre est un champion en la matière...

Linda Saint Jalmes

Entrée

Lili aurait pu être une jeune femme tout à fait comme les autres, si l'ange gardien de Pierre Richard, l'acteur français que tout le monde connaît, ne s'était pas également penché sur son berceau.

Si vous avez visionné les films de cet artiste, vous saurez de quoi je « cause » !

La maman de Lili, Marie-Jo, et son papa, Albert, avaient l'habitude de lui raconter que le jour de sa naissance, elle était arrivée dans leurs bras toute bronzée, comme revenant de la plage, avec un sourire sur ses lèvres roses, et que ses courts cheveux roux étaient gorgés des rayons du soleil.

Ce que les heureux parents ne savaient pas à ce moment-là, c'était qu'ils avaient donné le jour à une « miss gaffette » en puissance !

Avec le recul, quelques années plus tard, ils diraient même que si la petite était venue au monde avec un nez de clown, ils n'en auraient pas été plus étonnés que ça ! Et cela leur aurait au moins permis de se préparer à suivre la destinée du joyeux luron.

Lili était née en seconde position. Elle était donc une « cadette ». Invariablement au milieu de tout : dans la voiture sur la banquette arrière, lors des chamailleries entre frère et sœur, ou entre papa et maman quand ils se querellaient. Le

« milieu » était sa place et avait fait d'elle « l'avocat » de la famille. Enfin, pas tout le temps, mais presque.

Donc, revenons à nos moutons... non... à Lili. En digne cadette, elle était d'un tempérament calme (dans ses propres souvenirs). Habituellement souriante et ne demandant jamais rien (toujours dans ses souvenirs). Facile à vivre, cependant, difficile à suivre.

Car oui, dès ses premiers pas, le syndrome « gafteux[1] » avait pointé son nez.

Lili ne marchait pas, elle courait. De plus, elle était minuscule et fluette : on ne la voyait jamais passer !

Papa et maman, de leur vie de jeune couple sans enfant, avaient gardé un meuble étrange : une table constituée d'une base en forme de fine colonne torsadée, chapeautée par un plateau rond en verre.

Lili filait si rapidement en dessous que le

---

[1] Ne cherchez pas, ce mot a été inventé par mes soins pour enfin réaliser que les gaffes découlent très certainement d'une maladie ou d'une défaillance des gènes. Je ne vois pas d'autres explications, à part peut-être l'ange gardien qui fait très mal son travail.

meuble, déséquilibré, tombait dans la foulée, et que le plateau se brisait inévitablement en mille morceaux... à chaque fois. Oui plusieurs fois, jusqu'à ce que papa et maman, de guerre lasse, cessent de le faire réparer.

Mieux valait abandonner et le laisser au grenier. Et puis, l'ensemble était par trop dangereux pour leur minuscule casse-cou.

Ainsi débutèrent les premières années de vie de Lili, toujours curieuse de tout, même de vouloir goûter la pommade pour les fesses d'Alexian, son petit frère ayant quinze mois de moins qu'elle, ou le liquide rouge et rigolo qui tachait les doigts... du *chloromorphe*, ou quelque chose comme ça.

Le pharmacien connaissait très bien Lili.

Il était gentil ce monsieur. Il arrivait à calmer maman avant qu'elle ne fasse une crise de nerfs. Lui donnait-il également des bonbons ? En tout cas, il aurait dû l'informer, quelques années plus tard, de ne pas vider entièrement la bombe anti-poux sur la tête de la fillette qui en fut quitte pour de cuisantes brûlures du cuir chevelu.

Les pages à venir vous narreront quelques

« bêtises » de Lili et seront écrites sous forme de petits chapitres. Ne vous attendez pas à de la romance, ici, elle n'a vraiment pas sa place. Sachez que pour une bonne partie de votre lecture, les téléphones portables, les ordinateurs, et beaucoup de choses, n'existaient pas comme aujourd'hui.

Je vous souhaite dès à présent, une très bonne lecture.

-1-

Le tracteur, l'an 1976

Lili a cinq ans

Lili a de la chance (ou pas, de son point de vue de l'époque), sa maman est bretonne et son papa est alsacien. Les gènes de deux des plus belles régions de France coulent dans ses veines, mais, de cela, elle ne prendra réellement conscience que des années plus tard. Car voilà, depuis quelque temps, Lili clame haut et fort qu'elle n'est *QUE* bretonne !

Et les grands qui se doivent d'être intelligents, et les idiots qui eux... portent très bien leur qualificatif, la déboussolent plus que de mesure : en Alsace ils l'appellent « la Bretonne » (là, elle en est fière), et en Bretagne elle devient « l'Alsacienne » (ce qui la met en rogne) !

Mais qu'ont-ils ces adultes à ne dire que des bêtises ? Ils ne sont pas logiques !

Pour cette année 1976, Lili est heureuse, elle est « la Bretonne » qui arrive en voiture pour les vacances d'été, avec sa famille, dans le village bas-rhinois paternel. Et ouf, ils vont enfin pouvoir sortir de la Lada après des heures et des heures de route. Les arrêts, n'en parlons pas, papa était à fond sur la fin du trajet, et Alexian a même dû faire pipi dans une bouteille pour ne pas perdre de temps. Le chanceux ! Lili aussi aurait voulu avoir un « robinet », c'était si pratique quand on visait bien le goulot (uniquement quand on visait bien).

Oui, ouf, le long voyage se termine, et Schillersdorf[1] pointe le bout de son nez derrière les vallons verts, les arbres, et les chemins sinueux.

Avant d'arriver au village, quelque chose interpelle Lili la curieuse : un étrange panneau triangulaire avec une vache noire dessinée en son centre est placé en bordure à droite de la route, à un bon kilomètre de l'entrée du bourg.

Ce que c'est drôle ! Mais qu'est-ce que cela peut signifier ?

— C'est pour que les voitures roulent lentement, car ici, ce sont les vaches qui sont prioritaires, explique papa.

Décidément, Lili ne comprend pas le langage des grands. Ça veut dire quoi, « les vaches sont prioritaires » ? Et alors que Lili, coincée à sa sempiternelle place du milieu sur la banquette arrière de la Lada jaune poussin, se concentre sur

---

1 Schillersdorf (département 67) : Oui je sais, ça fait mal aux yeux et c'est très dur à prononcer, essayez, vous verrez.

les paroles de papa, voilà que ce dernier se met à slalomer vivement sur la route en donnant de brusques mouvements de droite et de gauche au volant.

Maman rouspète sévèrement en incendiant papa du regard, le petit frère et la grande sœur de Lili, Miriame, de deux ans son aînée, s'amusent en riant aux éclats et l'écrasent de leur poids.

Marre d'être celle du milieu !

Et puis c'est quoi ces immondes « flocs flocs » tout mous que Lili perçoit à chaque tour des roues de la voiture ?

Quand elle ose poser la question, c'est sa maman qui lui répond d'un air dégoûté, en s'accrochant de son mieux à son siège et à la poignée de sa portière :

— Des bouses de vaches ! Ton père essaye de les éviter ! Albert, roule moins vite ! ajoute-t-elle en se raidissant.

— C'est quoi des bouses ? demande encore Lili en insistant sur le « ou » du mot.

— Du caca ! s'écrie Miriame, hilare.

Beurk ! Du caca ? Ici, sur la route ? Ben elles sont très malpolies et sales les vaches alsaciennes !

Et puis soudain alors qu'ils arrivent non loin des premières maisons du village, papa freine. La Lada se met au pas... derrière un immense troupeau de vaches dont on n'aperçoit que les queues qui se balancent avec fainéantise et les grosses mouches noires qui virevoltent autour de leurs hauts postérieurs blanc et noir.

Un monsieur se tient sur son vélo entre la voiture et les bovidés. Lui aussi zigzague, mais à l'étonnement de Lili, ce n'est certainement pas pour éviter les bouses dans lesquelles il roule allègrement le tout en sifflotant. Plus tard, Lili comprendra qu'il faisait ça juste pour garder son équilibre sur la bicyclette.

Ainsi commencent les vacances, et après un interminable moment à suivre les vaches, tous arrivent enfin dans la rue où se trouve la maison de pépé et mémé Dorf (plus facile à dire que Schillersdorf).

Quel étrange village et son nom est tout aussi farfelu. Les Alsaciens se compliquent la vie avec des mots imprononçables et qui tiennent difficilement sur les panneaux de signalisation tant ils sont à rallonge.

Le bourg se compose d'immenses demeures roses (grès des Vosges) à colombages, aux toitures de tuiles rouges, et qui semblent bâties pour des géants. La preuve : leurs démesurées portes en bois qui se trouvent côté rue et qui, si elles étaient ouvertes, pourraient permettre à deux camions de se croiser sans difficulté ! Il y a quand même une autre minuscule entrée adjacente, ce qui rassure quelque peu Lili, les humains sont donc les bienvenus.

Pépé et mémé Dorf ont également une grande maison, néanmoins plus petite que celles des voisins. En fait, toutes ces demeures sont des fermes, collées les unes aux autres, et passé la porte des « géants » on se retrouve dans une vaste cour fermée des quatre côtés. Il y a là une grange, le lieu d'habitation, une étable et une gigantesque remise où s'entassent des centaines de bûches, car les grands-parents se chauffent encore au bois en 1976.

Ici, il n'y a plus de vaches depuis belle lurette, et Lili ne sait pas si elle est rassurée ou déçue. L'étable sert de fourre-tout monstrueux (une véritable caverne d'Ali Baba de vieilleries agricoles poussiéreuses) et il ne reste que des poules qui vadrouillent en toute liberté et des lapins dans des clapiers. Lili les trouve si beaux qu'elle décide d'en faire ses amis de vacances.

Tout se passe à merveille, le temps s'écoule tranquillement, sauf quand pépé choisit d'assommer et d'enlever son « pyjama » à un des nouveaux amis de Lili. Là, c'est le drame... Lili ne veut plus jamais manger de viande de sa vie !

Pour changer les idées de la petite, tout le monde, sauf pépé et Miriame, décide de rendre visite aux plus proches voisins. Ils ont des veaux. Lili demande tout de suite si quelqu'un va également leur enlever leurs « pyjamas », et la famille jure que non. Alors c'est d'accord, on va voir les bébés vaches. Mémé lui a même assuré qu'elle pourra leur donner le biberon.

— Comme à des vrais bébés ? souffle Lili les yeux brillant de bonheur en tapant dans ses mains d'enthousiasme.

— Mais oui ! confirme mémé.

C'est parti (Jet'z geht's los, comme disent les Alsaciens) ! Lili, euphorique, suit sa grand-mère en dansant à chaque pas. Ses parents et Alexian les précèdent sur le trottoir, jusque devant la fameuse porte des géants.

— Waouhhh... s'extasie Lili quand les immenses panneaux de bois coulissent sur des rails suspendus et s'ouvrent dans un lancinant couinement pour les laisser passer.

Mais brusquement, Lili fait la grimace et se bouche vivement le nez.

— Pouah !

— Ce n'est rien, ce n'est que la fosse à fumier qui sent ainsi, lui explique maman en grimaçant elle aussi sous l'assaillante odeur. C'est là que la paille souillée des étables et les excréments des vaches sont entassés.

Quelle drôle d'idée ! se dit Lili.

Mais enfin, c'est bien mieux que de voir ça sur la route et d'être obligée de laver la voiture de papa après.

Passé la puanteur vient la curiosité.

— Les « petits » restez ici pendant que l'on va discuter avec nos voisins, lance papa avant de disparaître dans la maison rose, comme toute la famille... sauf le frérot.

Lui, n'a d'yeux que pour l'immense tracteur

rouge qui trône dans la cour à moitié pavée et à moitié cimentée. Pas un jouet rikiki de rien du tout, non, un vrai, avec un moteur, un volant, un siège conducteur et d'autres au-dessus des volumineuses roues noires. Chouette !

Mais Lili est venue pour voir les veaux et laisse son petit frère en admiration devant le tracteur (un vieux modèle Fahr pour les connaisseurs) et se dirige vers l'étable. Là-dedans, il y a plein de vaches alignées les unes à côté des autres le long d'une interminable mangeoire. Les premières posent sur elle un lourd regard globuleux tout en mastiquant à s'en déboîter la mâchoire et en bavant copieusement.

Quelques-unes la saluent d'un « meuh » retentissant et Lili recule vers la cour, elle a peur, mais ne le dira jamais. Et puis les grands sont des menteurs ! Il n'y a pas de bébés vaches !

Ses yeux bleu gris se posent sur ses pieds chaussés de ses sempiternelles sandalettes noires. À quelques centimètres d'eux se trouve une large rigole qui court de l'étable à la fosse à fumier. Un liquide jaunâtre et malodorant s'écoule en abondance de l'une à l'autre.

Lili suit le sillon et se retrouve devant la fosse centrale. Ce que c'est écœurant ! Et le tas de fumier est tellement haut que le lieu de vie des voisins, qui se situe juste derrière, ne se devine que partiellement.

— Viens vite Lili ! crie alors Alexian qui, tout content de lui, est grimpé sur le tracteur, et s'est installé sur un des sièges au-dessus d'une roue.

— Chic ! applaudit encore Lili qui s'élance pour faire de même.

Elle est rapide Lili, elle est menue Lili. En deux temps trois mouvements, la voilà qui est assise à la place du conducteur et qui allonge les bras pour jouer avec l'impressionnant volant.

Mais comme toujours, une dispute éclate entre Lili et son frère. Lui aussi veut conduire, mais Lili ne souhaite pas laisser son trône. Ah ben non hein !

Ils se bagarrent, Lili défend son territoire avec hardiesse, jusqu'à ce que sa main se pose malencontreusement sur un étrange bouton-poussoir et que le tracteur rouge se mette à toussoter avant de rugir... enfin, son moteur.

Lili et Alexian se tétanisent. L'immense

engin vibre de partout et, comble de l'horreur, il se met en mouvement... directement vers la fosse à fumier.

Lentement, inexorablement, il avance, encore et encore. Après la stupeur, les enfants hurlent à s'en décrocher la luette. Pas de peur parce que le tracteur s'est allumé tout seul (Lili apprendra plus tard que le bouton-poussoir y était pour quelque chose et sa petite main également), mais parce qu'ils viennent de comprendre qu'ils vont droit dans la montagne de crottes fumantes !

Les cris et le bruit du moteur ont alerté les grands, mais trop tard, le tracteur et ses occupants ont atteint leur but. Et là, la Bretagne et l'Alsace se rejoignent dans l'imagination de Lili : l'avant du Fahr est déjà en train de sombrer dans le purin, tel un bateau s'abîmant dans les profondeurs de l'océan.

Un capitaine et ses matelots resteraient dignes en coulant avec leur navire... mais Lili et son frère ne sont pas comme eux ! Ils s'égosillent en grimpant comme ils le peuvent à l'arrière du tracteur.

Lili ne veut pas mourir ainsi, tout comme

Alexian. Et papa les sauve en se tartinant copieusement les habits de bouse fermentée... avant de leur coller une bonne fessée.

Les grands sont vraiment trop injustes, le petit frère aussi, qui accusa par la suite sa sœur d'avoir tout comploté... mais Lili n'a rien fait du tout ! Le tracteur s'est mis en route tout seul !

Pas vraiment, et Lili vient de commettre une des plus grosses bêtises de celles qui jalonneront désormais son chemin de vie.

Lili
Cadeau du dessinateur Philippe Reyt, premier chapitre illustré.

-2-

Les clopes de pépé, l'an 1978

Lili a sept ans

Voilà, la vie de Lili est *kaputt*[1] comme disent les Allemands. Rien ne sera plus jamais comme avant. On vient de l'arracher à sa chère Bretagne ! Sa famille et elle se sont installées « définitivement » en Alsace. Devinez où... à Schillersdorf !

Lili pleure, elle en veut énormément à son papa qui lui rétorque qu'il n'avait pas le choix ; pour son travail, il a été muté à Strasbourg. Donc, il a fallu déménager. Les grands sont vraiment trop injustes !

Dorénavant, les seules fois où Lili verra l'océan, ce sera lors des vacances, en sens inverse, vers la Bretagne et non plus vers l'Alsace. C'est affreux, et puis tout a tellement changé dans le bourg.

Lili avait beaucoup d'amis de son âge quand elle n'était que de passage. Maintenant, ils ne viennent plus jouer avec celle qu'ils nomment la « Française »... même ça, ça a changé, elle a perdu son titre suprême et sacré de « Bretonne ».

Lili est désorientée, Lili n'est plus rien.

---
1 Kaputt : Cassé (en allemand).

Même Alexian rentre en pleurant, il dit que tout le monde le traite de fille. Quand Papa demande pourquoi, le frérot hurle entre deux hoquets :

— Ils m'appellent Olexiannnnne... ! Je ne suis pas une fille-euh, je suis Alexian !

Papa rigole, maman lui donne un coup de coude et le fusille du regard. Alors sous les yeux de Marie-Jo, Albert s'accroupit en souriant devant son garçon de six ans aux larmes de crocodile :

— Ils m'appellent bien Olbertte... ce n'est que la prononciation alsacienne de nos prénoms. Ici, même les poissons et crustacés sont au féminin : des maquereaux deviennent des maquerelles, des homards... des homardes !

Là, pour le coup, maman rit avec papa, et Lili tout comme Alexian se dévisagent bouche bée en faisant passer un message silencieux : *Ils sont fous !* De son côté, Miriame sourit et continue sagement ses devoirs, l'aînée âgée de neuf ans maintenant doit être blasée ; après tout, elle a deux ans d'avance sur la fratrie et doit connaître toutes les blagues vaseuses de papa.

Et puis c'est vrai, au village, tout le monde parle le dialecte qui se rapproche assez de l'allemand. Lili le sait bien, elle en souffre tous les jours, mais de manière différente que son frère... car le prénom Lili reste Lili, peu importe comment on le prononce. Le problème est ailleurs : comme elle ne discute pas en alsacien, elle est sujette à moqueries et insultes, bien sûr toutes lancées en dialecte.

Mais papa finit par les lui traduire en lui murmurant gentiment d'ignorer ces méchants enfants : *rotiküe* signifie « vache rouge » et *dräckseuil*... « sale cochon ».

— Ils sont bêtes et jeunes, que veux-tu... lâche encore papa en lui faisant un gros câlin.

— Je jure que je retournerai un jour en Bretagne, et je jure aussi que jamais je ne me marierai avec un Alsacien.

Papa regarde Lili avec de la peine. Elle sait, du haut de ses sept ans, qu'il ne comprend pas pourquoi elle préfère l'océan et ses vagues, aux vallons verts et aux belles forêts bas-rhinoises. La fillette est très sérieuse, elle a presque une attitude d'adulte. Dans les veines de Lili coule le flux puissant des Celtes et oui, son cœur et son âme sont liés aux côtes iodées.

Quant à ses ex meilleurs pires copains... pfff... oui, ils sont nuls.

Depuis, Lili se retire dans sa bulle, elle s'efface et se fait invisible. Elle se crée des mondes imaginaires qu'elle alimente avec les histoires que sa grand-mère bretonne lui racontait. Sa chère mémé Molène[1]... qu'est-ce qu'elle peut manquer à Lili.

Et mémé Dorf ? Eh bien, elle lui apprend la broderie sur du lin, le tricot et le crochet, tout comme la pâtisserie. Pendant un temps, ça va, Lili pense à autre chose, ou ne pense plus du tout. Quand il fait beau, la fillette quitte la fermette où elle loge avec sa famille (en attendant que sa future maison se construise dans le tout nouveau lotissement) et elle retourne chez mémé, enfin, quand il n'y a pas classe.

Dans la cour, assise à une table de camping, Lili dessine : il y a des vagues bleues partout, des poissons et des rochers. Et puis, comme souvent, l'odeur de fumée lui fait lever le nez. C'est pépé qui fume. Lili trouve l'odeur agréable sans compter qu'il est amusant le grand-père avec son clope

---
1 Molène : Île au large de la côte ouest du Finistère.

acculé au coin de sa bouche. Il a l'air d'aimer ça ! Et il a des tas d'amis quand il fume. Les voisins-messieurs viennent papoter avec lui sur le trottoir, ils troquent des cigarettes, ils sont heureux et rigolent en échangeant des paroles que Lili, là encore, ne comprend pas, puisqu'ils parlent en dialecte.

Les cigarettes fascinent Lili. Si ça se trouve, elles sont magiques ? Sinon pourquoi pépé en fumerait-il ? Pour faire râler mémé, ça, c'est certain, ils se disputent tout le temps ces deux-là, pour son plus grand amusement.

Non... il y a autre chose, un mystère entoure les clopes.

Dans un film, un samedi soir chez les grands-parents, Lili avait vu des Indiens et des cow-boys – parlant étrangement très bien l'allemand (eux) – échanger le calumet de la paix. Là encore, c'était de la fumée, et tous étaient à nouveau amis. Plus personne ne scalpait ou ne tirait sur l'autre.

Alors Lili a une idée, enfin, une petite voix vient de lui souffler une réponse à son problème. Si elle l'écoute, elle aura de nouveau beaucoup de copains. Mais comment faire ?

La solution se présente un jour, alors que Lili est encore chez mémé Dorf : en descendant l'escalier menant à la cave et à la cour, ses yeux sont attirés par un étrange et rectangulaire paquet brun. Sur celui-ci, la fillette reconnaît le logo des clopes de pépé (c'est comme ça qu'il dit lui-même : des clopes). Lili est seule, son esprit est en ébullition. Voilà le moment qu'elle attendait et il lui est tout offert !

Ni vu ni connu, Lili se saisit du paquet et s'enfuit de chez ses grands-parents, direction la vieille fermette où elle habite. En chemin, elle croise un, puis deux, puis trois, puis plusieurs de ses ex meilleurs pires copains.

Souriante et confiante, elle agite son paquet magique sous leurs nez et, comme les rats ont suivi le joueur de flûte, tous en font de même avec la fillette.

Ils rient, ils entourent Lili comme s'ils venaient de retrouver une camarade qu'ils n'avaient plus rencontrée depuis longtemps. C'est géant, c'est incroyable ! Lili n'est plus du tout seule !

Elle déchire l'emballage brun et là, apparaissent plusieurs autres petits paquets bleus. Chouette ! Il y en a pour tout le monde, même pour Alexian qui vient, avec curiosité, de se joindre à la meute de gamins.

La distribution se fait et à chacun de mimer de fumer (car Lili a oublié les allumettes) en chahutant gaiement. Néanmoins, tout à une fin, et cette dernière prend le visage furieux du papa de Lili. Il est là, devant leur fermette, il n'a pas l'air content du tout. Son regard noir court sur les enfants qui s'éparpillent tels des moineaux apeurés et se pose pour finir sur la fillette et son frère.

Oh, oh !

Ce soir-là (les fesses de Lili s'en souviennent) fut terrible. Papa était vraiment en colère et maman l'était tout autant. Les jours suivants, Lili fut plus seule que jamais, car les ex nouveaux amis de l'enfant avaient également été grondés (tout se sait dans un petit village) et tous la fuyaient comme la peste. Au moins, ne l'insultaient-ils plus !

Mais l'esprit de Lili était ailleurs, elle ne

comprenait pas pourquoi la magie des cigarettes n'avait pas fonctionné. Qu'avait-elle omis de faire ?

— Les allumettes ! s'exclama-t-elle avec un éclair de lucidité.

Sans fumée réelle, pas de magie !

Enfin bon, Lili ne le savait pas, mais la punition aurait certainement été bien pire s'il y avait eu de la fumée. Et ce qu'elle apprit plus tard, suite à sa nouvelle bêtise, était que les enfants n'avaient pas été les seuls à être grondés et sanctionnés... Pépé aussi en avait fait les frais.

Mémé Dorf ayant cru qu'il avait fumé toutes ses clopes d'un coup, lui avait copieusement chauffé les oreilles et l'avait privé de sa ration journalière de *schnaps* « eau-de-vie » en alsacien.

Autre fait étrange, ils ne surent jamais que c'était Lili qui avait volé les cigarettes.

Tout de même, la magie aurait été totale si je n'avais pas oublié les allumettes, furent les pensées qui revinrent souvent dans l'esprit de la fillette jusqu'à ce qu'elle grandisse assez pour se rendre compte que cela n'aurait absolument rien changé et que les cigarettes étaient loin d'être

« enchantées ».

Une autre page se tourne sur ses bêtises au goût sucré-salé de l'innocence enfantine.

-3-

Les vaches du maire, l'an 1979

Lili a huit ans

Voilà, toute la famille est installée dans le lotissement. Nous sommes au printemps de l'année 1979. Leur maison est pour l'instant la seule, mais d'autres familles ne vont pas tarder à arriver, au vu des nombreux trous de fondations des futures habitations.

Lili se force à détester sa nouvelle demeure, elle ne doit pas l'aimer, car elle aurait dû être construite dans une autre région. Celle de son cœur ! Pourtant, elle est si jolie, avec une cave, un rez-de-chaussée, un étage où les trois enfants ont chacun leur chambre et une salle de bains. Sans oublier le toit et son grand grenier.

Le lotissement se situe à l'extérieur nord du village, ici, plus de fermes, mais d'immenses prés, collines et champs avec des routes de terre d'argile qui seront bientôt bitumées, selon les dires de papa. Lili n'attend que ça, car quand il pleut, la boue épaisse et brune s'accroche à ses chaussures et ses habits préférés. Bon d'accord, Lili aime jouer dans les trous réalisés par les grandes pelleteuses : avec Alexian et Miriame, ils deviennent des Indiens et des cow-boys, comme dans les films qui passent à la télé. Et là, elle se moque de se tacher de la tête aux pieds.

Il fait déjà chaud en ce printemps nouveau, et Lili se poste souvent sur la terrasse qui court devant l'entrée, les portes-fenêtres du salon et celles de la chambre des parents. Elle regarde la prairie d'en face où les hautes herbes vertes et fleuries dansent au gré du vent. Là, en fixant longtemps le mouvement lancinant de la végétation et en se forçant à ne pas ciller, elle voit le roulis des vagues de l'océan. Le vert s'efface et le bleu marine apparaît, Lili sourit, aux anges, jusqu'à ce que la réalité revienne et que son sourire joyeux disparaisse.

Alors elle pose ses yeux bleu gris sur son proche environnement et invariablement, s'arrête sur le « menhir » de maman.

Marie-Jo a ajouté sa touche personnelle à la décoration extérieure de la maison. Sur la pelouse toute fraîche trône une immense pierre levée et dessus, papa a vissé une mouette en plastique. Maman souffrirait-elle également d'être séparée de la Bretagne ?

— C'est un faux, marmonne Lili, de mauvaise foi, et qui s'avance vers le menhir pour caresser du bout des doigts les étranges boursouflures prisonnières dans la roche friable.

La fillette sait ce que sont ces formes : des

fossiles ! C'est papa qui le lui a appris la première fois qu'elle les a vus. Et pas n'importe lesquels ! Des empreintes de crustacés et de poissons vieux de plusieurs millions d'années.

Il y avait la mer en Alsace, il y a très très longtemps, et Lili en est toute retournée. D'après papa, les Vosges du nord regorgent de sites archéologiques très renommés, car il y a énormément de ces fossiles dont les chercheurs sont friands.

Lili aussi veut devenir chercheur, et demande à ses parents où ils ont découvert le « menhir ».

— Dans les champs labourés, un peu plus haut dans les collines, lui répond Marie-Jo, heureuse de voir l'enfant s'intéresser à la paléontologie. Tu en trouveras plein, et de toutes les tailles.

— Je peux en chercher ?

— Bien sûr ! sourit maman en acquiesçant de la tête.

Et Lili, toute joyeuse, s'en va par les petits chemins vers les champs labourés. Quels trésors va-t-elle débusquer ? La perspective de ses futures fouilles et découvertes la rend euphorique. Elle avance en quittant les sentiers, traverse en piétinant la haute végétation odorante en laissant sa trace derrière elle, et arrive... devant un gigantesque pré à vaches.

Décidément, il y aura toujours des vaches partout où Lili voudra se rendre ! Et la prairie, qui est clôturée par de simples fils d'acier horizontaux maintenus au sol par des piquets, lui bouche le passage !

Les vaches sont comme d'habitude curieuses, elles mastiquent des touffes d'herbe et la regardent sans bouger. Elles ne paraissent pas méchantes et Lili choisit donc de traverser le pré. Pour ce faire, elle tend la main vers un des fils d'acier, le saisit... et hurle de souffrance en le lâchant avant de tomber à la renverse.

Le fil l'a mordue ! Non... pas de trace de morsure.

Le fil l'a brûlée ! Non... pas de marque de brûlure.

Pourtant Lili a très mal, la douleur fuse de sa paume à son coude et son cœur bat la chamade à un rythme effréné.

De peur, Lili rebrousse chemin et court en parler à ses parents. Ils lui expliquent qu'elle a été victime d'une décharge électrique. Les fils d'acier sont en fait un nouveau système de clôtures alimentées par une batterie qui envoie des ondes de courant et que les fermiers mettent en place pour empêcher les vaches de s'échapper. C'est bien mieux que les fils de fer barbelés, selon le point de vue de papa.

C'est monstrueux, oui ! fulmine Lili intérieurement.

Avec les fils barbelés, seuls des bouts de ses pantalons y seraient restés, et le danger était visible. Mais avec des fils électriques, c'est différent, les fermiers vont blesser leurs bêtes ! Et des enfants ignorants par la même occasion.

Lili abandonne son projet de devenir chercheur de fossiles, elle va se transformer en « *sauveteuse[1] de vaches* » ! Et pour y parvenir, il suffit tout bonnement de débusquer la batterie, non ? Papa a dit que c'est de là que vient le courant, et si elle ressemble à celle de la voiture...

---

1   Sauveteuse : Je sais, c'est une faute, mais dans la tête de Lili, ce mot existait bel et bien.

cela ne sera pas bien difficile de la trouver.

Les jours passent, et tous les soirs en rentrant de l'école, Lili prend son goûter à toute vitesse, fait ses devoirs, et file vers les collines avec un sac destiné à sa collection de fossiles... qui reviendra toujours vide.

Son travail de *sauveteuse* de vaches est très laborieux, car tous les fermiers ont décidé de torturer leurs animaux avec le même système de clôture, il y en a partout ! Mais heureusement, les batteries sont faciles à trouver, puisqu'elles sont toutes placées à l'entrée des prairies, non loin des sentiers.

Et c'est si enfantin de tout éteindre ! Lili *touche-à-tout* découvre très rapidement le bouton arrêt !

Voilà, les vaches ne craignent désormais plus rien, la fillette veille sur elles. Surtout sur celles du grand pré, où elles sont si nombreuses et entassées... les pauvres. Lili et elles sont copines, les bovidés viennent même lui manger dans la main, et c'est certainement en ces instants-là que les bêtes ont remarqué que les fils ne les blessaient plus.

Car... les vaches sont très intelligentes... si, si, si.

Un jour que Lili est à l'école du village, un tintamarre ahurissant couvre la voix du maître. Un cortège de voitures de pompiers et de policiers traverse le bourg avec leurs gyrophares allumés et le bruit tonitruant de leurs sirènes. Lili comme ses camarades de classe s'agglutinent aux fenêtres, jusqu'à ce que le maître parvienne à les raisonner pour qu'ils réintègrent enfin leurs places respectives.

Mais que se passe-t-il donc ? se demande Lili que la curiosité gagne.

Elle va l'apprendre en rentrant le soir, par papa qui raconte l'histoire à table :

— On ne sait vraiment pas comment c'est arrivé. Les gars ont mis des heures à attraper une bonne partie des vaches qui se sont enfuies des prés des collines. Je suis certain qu'il en reste encore, à cette heure, à récupérer sur des kilomètres à la ronde. Et pense donc, Marie-Jo, le maire en compte plus d'une centaine ! Son troupeau s'est mélangé aux autres, et les vaches ont envahi les villages voisins. Plus personne ne pouvait aller dans les rues, les bêtes étaient partout ! Cela a créé une foutue... pardon... une sacrée zizanie et des bouchons sur toutes les routes ! Il va falloir les regrouper, trouver quelle vache appartient à quel propriétaire. Je vous jure, un sacré fout... merdier !

Oh, oh !

Lili baisse la tête sur son assiette. Elle ne veut pas que l'on remarque les rougeurs qui ont gagné ses joues, avant de pâlir quand papa dit encore :

— Celui qui a fait ça va au-devant de graves représailles ! Je vous le dis !

« Représailles », Lili connaît ce mot. Ils vont tous vite découvrir qu'elle a fait une grosse bêtise. Que c'est de sa faute si des centaines de bovidés ont pris la poudre d'escampette pour partir squatter les villages voisins !

Oh... elle risque la prison !

Ben tant pis ! Elle a rempli sa mission à la perfection en bonne *sauveteuse* de vaches. Et puis, personne ne sait comment elles se sont fait la malle, personne ne sait que c'est elle, Lili, qui a éteint toutes les batteries.

Longtemps, la fillette trembla à chaque retentissement de la sonnette de la porte d'entrée. Invariablement, elle se voyait derrière les barreaux d'une prison avec le costume des bagnards comme ceux des frères Dalton, rayé de jaune et de noir. Mais non, ce n'était jamais pour elle que les visiteurs se déplaçaient.

Et le maire était parvenu à récupérer toutes ses vaches. Tout était bien qui finissait bien.

Sur une autre grosse bêtise de Lili, mais vraiment pour la bonne cause !

-4-
Un chien dans le poulailler, toujours l'an 1979

Lili a toujours huit ans

Les vacances d'été en Bretagne se sont de nouveau achevées dans les larmes. C'est à chaque fois un déchirement pour Lili qui met un point d'honneur à fuguer la veille du départ. C'est sa manière de revendiquer son droit de dire : je ne veux pas retourner en Alsace !

Évidemment, elle se cache toujours en un lieu où on la retrouvera tout de suite, mais c'est le geste contestataire qui compte, pas vrai ?

Et puis, l'école a rouvert ses portes, tout recommence, les cours d'allemand également, et là, Lili a décidé qu'elle ne l'apprendrait jamais. Les zéros volent et les punitions à la maison aussi. On l'appelle la « tête brûlée », pas bien grave, pour une fois, ce surnom elle l'aime bien, elle a l'impression d'être un pirate. Reste juste à trouver son navire.

Miriame et Alexian, quant à eux, semblent heureux de reprendre le chemin de l'école, et Lili leur en veut de ne pas faire front avec elle.

Un jour, en rentrant des cours, papa et maman les attendent tout sourire et Lili sait tout de suite qu'il va se passer quelque chose d'important, peut-être vont-ils leur annoncer qu'ils déménagent à nouveau ?

— Venez les enfants, nous devons vous présenter quelqu'un, chantonne maman en se dirigeant vers l'escalier menant à la cave et la chaufferie.

Présenter quelqu'un ? Lili est déçue, mais la curiosité est plus forte et elle suit la famille. Quelle n'est pas sa surprise quand elle découvre qui est ce « quelqu'un » : un beau petit chien tout noir !

Un vrai, un qui bouge et qui paraît très heureux de voir arriver la fratrie. Il frétille et sa queue fouette l'air avec vivacité.

— Voici Samy, il a trois mois, annonce papa. C'est encore un bébé. C'est un bâtard, mais il est très gentil.

— C'est quoi comme chien ça, un bâtard ? demande Lili, car elle sait qu'il existe plusieurs races, mais jamais elle n'a entendu ce nom.

— Tu n'en rates pas une, grommelle Marie-Jo en lançant un regard noir à Albert.

— Euh… ce n'est pas une race, cela veut juste dire que son papa et sa maman ne sont pas de la même espèce. Samy est un mélange de labrador et de boxer.

— Ohhh... souffle Lili en plongeant ses yeux dans ceux de Miriame et Alexian qui font, comme elle, semblant de comprendre.

Cela n'a aucune importance après tout. Les enfants s'agenouillent en riant devant Samy, tendent les mains vers le chiot qui en profite pour lécher copieusement leurs doigts et jappe avec des sons très aigus.

Qu'il est beau et si petit ! Lili l'adore déjà, mais l'aimera bien moins quand en grandissant, il prendra l'habitude saugrenue de faire pipi dans ses bottes... alors qu'elle en est chaussée !

Et, oui, Samy grandit vite, il ne cesse de prendre en force et en volume, et bientôt, maman et papa interdisent à la fratrie de le promener. Il a trop de puissance, il risquerait de les blesser sans le vouloir en tirant sur la laisse. D'ailleurs Marie-Jo a une plaie à la main, c'est le cuir de la poignée de la laisse qui l'a brûlée alors que Samy faisait un bond pour essayer de croquer un chat. Il ne les apprécie pas du tout, les chats.

Et il n'aime pas les enfants du village. Il a certainement senti l'angoisse de Lili quand ils sont dans les parages, car à leur approche, inévitablement, il saute sur elle, l'allonge au sol pour se coucher sur son corps, sans lui faire de mal, et montre les crocs aux garnements pour les faire fuir. C'est son gardien, sa panthère noire (il ressemble tellement à ce fauve) tout en muscles et en finesse.

Parfois, il porte fièrement le sac de classe de Lili, la poignée coincée dans sa gueule, jusque devant la cour de l'école, mais seulement quand papa est là et le tient fermement. Samy est également une grande canaille et un vagabond dans l'âme. Dès qu'il le peut, il s'enfuit et on a beau s'égosiller à crier son nom, lui dire de revenir, il s'en moque, il part à l'aventure.

Elle est belle son aventure, bientôt, des tas de petits Samy peuplent le village. Toutes les chiennes ont eu droit à sa visite... même le berger allemand de race du maire. Encore lui, le maire.

Il attendait que sa chienne soit prête, Lili ne sait pas à quoi, pour faire venir un autre berger allemand, et qu'ils aient des chiots. Qu'y a-t-il de mal à ce que ce soient des bébés de Samy qui pointent leur bout du nez ? Ils sont vraiment mignons, de plus !

Le maire n'est pas content, il dit que sa chienne est souillée. Pourtant, Lili la trouve très propre. Il faudra acheter des lunettes au maire. Décidément, la fillette ne l'aime pas ce monsieur, et du coup, bien fait pour l'histoire des vaches !

Mais voilà, il faut sévir, il faut empêcher Samy de réitérer ses bêtises, alors papa l'attache sous l'escalier de la terrasse arrière, celle qui donne sur la cuisine, avec interdiction de le détacher. Samy est triste, Lili le voit. Ses yeux sombres se posent sur elle et quémandent sa libération. Certaines fois, elle l'entend aboyer depuis l'école. D'accord, le lotissement n'est pas loin, mais elle a le cœur déchiré.

Un jour, les parents n'étant pas là, Lili décide de promener Samy. Il est son ami, il l'écoutera et sera gentil.

Tout se déroule très bien, Samy ne tire pas sur sa laisse, et pour éviter de passer par le village, Lili prend un chemin qui longe l'arrière de la ferme du maire (non, ce n'est pas fait exprès). Après, ils arriveront dans une vaste prairie où elle pourra lâcher le chien.

Cependant, ce dernier gémit et lui lance des regards suppliants, on dirait un message silencieux : fais-moi confiance, je serai sage. Lili lève la tête et détaille les alentours. Il n'y a pas de grande route avec des voitures, juste un ruisseau, un pont, l'immense poulailler grillagé du maire avec de nombreuses poules blanches, des champs et des prés.

Alors Lili décide de libérer son ami. Il l'écoutera, elle en est certaine, et ses yeux noirs sont tellement implorants. Samy, son gros nounours… sa panthère noire, oui !

Lili l'a à peine lâché qu'il s'élance droit en direction du poulailler. Elle a beau hurler son nom, il n'entend rien ou l'ignore délibérément, et en digne filou trouve un passage dans le grillage qui doit normalement protéger les poules des prédateurs.

Le maire n'avait pas songé à Samy et Lili non plus.

Il y a un monstrueux bazar dans le poulailler, les plumes blanches volent partout et l'on ne voit plus le chien tant il y en a. Les volatiles caquettent follement, certaines s'étalent sur le grillage et Lili se bouche les oreilles.

Elle ne sait combien de temps cela dure, un bon moment en tout cas, et Samy finit par revenir vers elle, tout content, des plumes blanches recouvrant tout son corps et se collant sur son museau et ses poils. Il a l'air heureux et Lili est dévastée.

Elle a fait la grosse bêtise de le détacher et de lui faire confiance. La main tremblante, elle le rattache tandis qu'il se laisse faire. Pour lui, ça n'a été qu'un jeu.

Il ressemble aux condamnés des bandes dessinées de Lucky Luke, celles qu'Alexian dévore quand il n'est pas à l'école et que Lili lui pique en douce. Les méchants sont enduits de goudron et couverts de duvet blanc avant d'être exhibés dans les rues.

Ça va encore chauffer pour les fesses de Lili, mais elle a plus peur pour Samy. Qu'est-ce que papa et maman vont faire de lui ? Après tout, le chien est devenu un serial killer de poules ! Personne ne doit savoir.

Alors Lili lui enlève toutes les plumes, le fait passer par le ruisseau pour le laver, et le ramène à la maison en croisant les doigts pour que personne ne les aperçoive.

Là encore, l'histoire du poulailler est narrée à table le soir même par papa :

— Le maire a perdu plusieurs poules. Des renards certainement. Le plus étonnant, c'est qu'elles sont toutes présentes, les vivantes comme les mortes. Ces dernières ont la nuque brisée, aucune n'a été mangée. Quelle étrange aventure ! Il aurait dû conserver un des chiots de Samy, il aurait eu un excellent gardien à ses côtés !

Lili en avale sa soupe de travers.

L'art qu'il a papa de mettre les pieds dans le plat ! Les jours et les mois qui suivirent, Lili se détacha peu à peu de Samy, même si elle l'aimait toujours de tout son cœur.

Elle avait commis une autre bêtise... par confiance et par amour.

-5-
Pardon monsieur le curé, l'an 1980 épisode 1
La confession sacramentelle

Lili a neuf ans

Lili est très en retard par rapport aux autres enfants catholiques. Normalement, la première communion se fait vers sept ou huit ans, mais avec le déménagement et la construction de la maison, puis l'installation dans le nouveau foyer, Marie-Jo n'a pas eu le temps de s'en occuper.

C'est chose faite. Au grand dam de Lili et d'Alexian (d'une pierre deux coups) qui doivent aller tous les mercredis et les dimanches à la messe. Et Lili déteste ça... le curé est tout mou, il chante horriblement faux, il raconte des histoires abracadabrantes... et... et... il a un affreux tic avant de parler : il ferme et ouvre la bouche plusieurs fois comme un poisson rouge hors de son aquarium.

Sans compter cette liste déjà accablante, ce sont les uniques jours où la fillette peut tranquillement dormir parce qu'il n'y a pas école ! Alexian n'a qu'à y aller lui !

Ils y vont tous les deux, un point c'est tout.

Les seuls moments que Lili trouve sympas, c'est chez la mère catho, celle qui s'occupe de préparer les enfants à la première communion. On fait du collage, des dessins, on écoute des histoires, et Lili rencontre d'autres enfants, pas ceux du village (parce qu'ils sont tous protestants), mais ceux de la ville qui se situe à quatre kilomètres de Schillersdorf : Ingwiller[1]. Ils parlent français !

Et puis, il y a la cérémonie qui se déroulera bientôt, en juin, pour le week-end de la Pentecôte. Ce jour-là, sous son aube blanche, Lili aura une jolie robe, elle deviendra une vraie petite princesse, comme dans ses rêves les plus fous... après celui d'être pirate. On fera la fête à la maison, et elle aura des tas de cadeaux, bien avant Noël. Ben quoi, c'est très très important les cadeaux !

Lili bâille souvent à la messe, elle pourrait s'endormir facilement s'il ne fallait pas toutes les cinq minutes s'asseoir, se mettre debout, se rasseoir, se remettre debout, s'agenouiller, dire « Amen », et voilà que ça recommence... que c'est long !

Comment Alexian et Miriame, tout comme

---

[1] Ingwiller : Ne vous plaignez pas pour les noms, j'aurais pu tout aussi bien écrire Souffelweyersheim, mais c'est trop loin par rapport au lieu où se déroulent "Les bêtises de Lili" !

maman, peuvent-ils tenir le coup sans broncher ? Papa, c'est autre chose, il ne vient jamais, parce que lui est protestant. Quelle stupidité de faire plusieurs religions, ça sert à quoi ?

En tout cas lui, il a de la chance, il reste à la maison et prépare le repas, enfin pas tout le temps, parce qu'en général, maman se lève aux aurores pour que tout soit prêt à leur retour de la messe. Donc… papa réchauffe (le tricheur).

Voilà, on est dimanche à la messe et arrive le moment que Lili n'aime pas, l'Eucharistie. Elle sait qu'elle va y avoir droit le jour de sa première communion : l'échange du sang du Christ et la distribution des pains sous forme d'hosties.

Le sang n'en est pas, a dit maman, heureusement, c'est du vin, et les hosties sont de fines galettes de pain azyme ressemblant à des pièces de monnaie blanches. Le problème pour Lili n'est pas là, c'est le curé : elle ne veut pas boire après lui dans le calice, et à chaque fois qu'il se prépare à donner les hosties aux fidèles, il se mouche auparavant dans son mouchoir ! À chaque fois, parole de Lili !

Et après ça, on dit aux enfants d'aller se laver

les mains avant de manger, à cause des microbes, mais lui, le curé, il ne le fait pas !

Ouf, Lili y coupe encore aujourd'hui, mais bientôt... elle trouvera bien une solution, elle fera semblant de prendre l'hostie et la balancera sous les bancs.

Les jours passent, et quelque chose d'autre terrorise la fillette. Avant de faire sa petite communion, il va falloir pratiquer la confession sacramentelle.

— Ça veut dire quoi ? demande-t-elle à maman lors d'un après-midi.

— Ce n'est rien de catastrophique, s'exclame Marie-Jo en riant devant l'attitude désespérée de Lili. Tous les enfants le feront, et moi-même je me confesse de temps en temps. Tu vas dans le confessionnal, monsieur le curé s'assoit d'un côté et toi de l'autre, vous êtes séparés par une sorte de grille en bois, et là, tu vides ton cœur et ton âme de tous tes péchés.

— Et c'est quoi les péchés ? lance Alexian de son côté.

— Euh... en ce qui vous concerne les enfants, on va dire que ce sont vos bêtises.

Lili se sent mal, elle pâlit d'un coup. Non... elle ne peut pas tout raconter au curé, il va tout rapporter aux parents, elle n'a aucune confiance en lui.

Comme si elle avait lu dans les pensées de sa fille, Marie-Jo ajoute :

— Monsieur le curé a l'interdiction de répéter tout ce que vous lui direz au confessionnal et, à la fin, il vous pardonnera tout au nom de Dieu. C'est un peu comme si vos menues bêtises étaient écrites sur une ardoise et que d'un mot, d'une prière, il effaçait tout, vous comprenez mieux ?

Oui, Lili comprend enfin... mais maman se trompe en ce qui la concerne, ce ne sont pas de « menues » bêtises.

Le jour de la confession sacramentelle arrive. Lili a très peur, et puis elle n'aime pas monsieur le curé, elle ne sait pas pourquoi, c'est comme ça. Les enfants s'alignent tous sur les bancs en attendant leur tour de passer dans la sorte de cabine à deux portes que l'on appelle confessionnal. Et pour certains, quand ils y entrent, ça dure interminablement. Lili est rassurée, elle n'est pas la seule à avoir une longue liste de bêtises.

C'est le moment, elle tremble, entre dans la cabine, et le curé murmure quelques mots avant de l'inviter à s'asseoir et à parler. Mais voilà, tout s'embrouille dans la tête de Lili tant elle a peur. Elle raconte à la vitesse de la lumière les épisodes des cigarettes, des vaches du maire, et du poulailler... elle le dit si rapidement, qu'il ne s'est même pas passé deux minutes depuis qu'elle a pénétré dans le confessionnal, et le curé paraît attendre autre chose. Mais quoi ? Lili a tout raconté, et elle ne se souvient pas d'avoir fait pire que ça !

Il ne semble pas choqué, non, monsieur le curé est calme et murmure « oui, oui » quand il peut placer ces deux mots. Bon... Lili se détend, puisqu'il n'y a pas assez de bêtises, alors elle va en inventer :

— J'ai bu le schnaps de pépé, j'ai volé les sous de mémé, j'ai tondu mon chien, j'ai craché dans la soupe...

Lili est si bien lancée qu'elle ne voit pas le temps passer et invente au fur et à mesure jusqu'à ce que monsieur le curé s'écrie : « Stop ! »

Ah bon ? C'est déjà fini ?

Encore quelques mots murmurés de sa part, une prière, il fait le signe de la croix, et Lili est libérée. Mais le curé ne la regardera plus jamais de la même manière polie. Non, maintenant, il plisse les paupières à chaque fois que ses yeux se posent sur elle.

Toute façon, il ne peut rien répéter. C'est maman qui l'a dit !

Les bêtises de Lili avaient derechef frappé et certainement traumatisé le curé de la paroisse d'Ingwiller. Pauvre monsieur le curé. Pardon monsieur le curé.

-6-
Pardon monsieur le curé (bis)
l'an 1983 épisode 2
Les diapos

Lili a douze ans

Lili est au collège à Ingwiller, elle entame sa sixième. Tout est si différent de l'école du village, tout est si impressionnant, sans compter que c'est un véritable labyrinthe ce bâtiment qui est tout en longueur ! Elle n'a plus un maître, mais plusieurs professeurs, certains ont l'air gentil, d'autres... ben ce sont des profs, quoi !

Lili vient également de réaliser qu'elle est une très grande timide, à tel point que cela en est maladif. Elle n'ose pas discuter, elle n'arrive pas à aller au-devant des autres enfants qui, du coup, ne cherchent pas à faire connaissance avec elle. Petit à petit, Lili devient le vilain petit canard : pas à la mode, les cheveux roux coupés trop courts, bafouillant quand elle parle tellement elle est effarouchée.

Une fois encore, elle est seule. Il y a bien Miriame qui attaque sa deuxième année au collège, mais la grande sœur ne souhaite pas la présence de Lili à ses côtés, elle veut rester avec ses amies, et ne pas avoir un *bébé* dans les jambes.

On nargue Lili, on se moque d'elle, du coup elle sort les griffes et très souvent, tout se termine en bagarre monstrueuse lors de la récréation ou à la sortie des classes en attendant le bus. À l'époque, les pions et les profs ne séparaient pas les enfants. Il y avait affrontement ? On laissait faire, on n'intervenait pas. On grandissait à la dure.

Petit à petit, Lili et d'autres « pestiférés » mis également à l'écart forment un groupe. Enfin, elle n'est plus seule. Ils jouent, font beaucoup de chahut, deviennent les pitres du collège, et alignent les heures de « colle ».

Lili s'est découvert un super pouvoir pour pallier sa timidité : elle fait le clown. Elle peut faire rire ! Elle raconte des histoires farfelues puis elle chante les couplets paillards qu'elle a entendus – et enregistrés précieusement dans sa mémoire – lors des soirées où des amis de papa et maman viennent à la maison. C'est extra. Oui vraiment, le clown, elle sait faire. Même contre son gré.

Dans un autre temps, Marie-Jo a abandonné l'idée de traîner Lili à la messe. Et du coup, la fillette ne se lève plus pour partir prier... mais pour aller faire du bois en forêt avec papa.

À la messe, Lili s'endormait.

En forêt, Lili n'en a pas le temps, et elle revient souvent avec des locataires : des tiques ! Maman dit que c'est parce que son sang les attire.

Bref, Lili ne voit plus le curé que lors des cours de religion qui se passent le samedi matin au collège. Une heure à l'écouter parler d'une voix monocorde, une heure à bâiller encore et encore. De temps en temps, monsieur le curé apporte un vieux projecteur à diapositives. Les images relatent la vie de Jésus jusqu'à sa mort sur la Croix.

Un soir à la maison, Lili tombe sur d'autres morceaux de films qui se trouvent dans le grenier et qui sont bien protégés dans des boîtes en plastique jaune. Elles datent de l'époque où papa faisait son service militaire dans la marine. Il a fait plusieurs fois le tour du monde sur des porte-avions. Et certaines photographies, entourées d'un cadre de carton, interpellent Lili.

Qu'elles sont drôles, est-ce que maman les a vues ?

Ne songeant pas à mal, et toujours poussée par la curiosité, elle les emporte avec elle et les descend pour les montrer aux parents et à la fratrie.

— Ah oui ! s'exclame papa, ce sont les photos de quand j'étais à Tahiti. Nous les visionnerons après le repas.

— Bonne idée, ajoute maman.

Ah bon ? se dit Lili en ouvrant de grands yeux étonnés.

Et pour cause, certaines photos exposent plusieurs vahinés (c'est papa, dans la soirée, qui a dit comment s'appellent les danseuses tahitiennes) et qui portent de longues jupes ressemblant à de la paille, des colliers de fleurs exotiques, de longs cheveux noirs et bouclés, et des couronnes fleuries sur la tête. Qu'est-ce qu'elles sont jolies ! Oui, mais voilà... on voit leurs « nénés » ! Et maman n'est pas choquée ni jalouse ?

Papa a quand même des photos de femmes à moitié nues dans ses affaires ! Non, personne ne semble perturbé, à part peut-être Alexian, qui bave quasiment sur les diapositives.

D'autres images montrent les danseurs tahitiens, vêtus de longs pagnes de feuilles vertes qui descendent en dessous des genoux, des bracelets de verdure plus petits entourent leurs chevilles et leurs pieds sont nus, tout comme leurs torses. Mais là, rien de choquant.

— Pour notre arrivée à Tahiti avec le *Pacha*[1], raconte papa, les îliens nous avaient préparé une fête d'accueil, une sorte de cérémonie qui s'est déroulée sur une immense plage autour de grands feux. Tous les dignitaires tahitiens étaient présents, comme les hauts gradés du porte-avions. J'étais également invité avec quelques autres marins. À la fin du souper composé des mets savoureux du pays, nous avons eu l'honneur d'assister à une danse : le *Tāmūrē*.

— C'est quoi le tamouré ? demande Alexian en fronçant le nez comme il essaye de prononcer le mot de la même manière que papa.

— Une danse traditionnelle, comme je viens de le dire. Mais pas n'importe laquelle ! C'est en fait un langage. Comme vous pouvez le voir sur les photos, les danseurs, qui sont figés sur les images, alignent des mouvements bien spécifiques.

---

[1] Pacha : Surnom donné au commandant d'un navire dans la marine nationale.

Chaque geste du corps, des bras, des mains raconte une histoire. Au son des percussions des tambours appelés *to'ere*, les femmes roulent des hanches et déplacent uniquement leurs bras et leurs mains, tandis que les hommes joignent leurs talons et battent des cuisses dans un mouvement de ciseau, dit aussi *pā'oti*, tout en avançant et en reculant. C'est fascinant ! Attendez, je vous montre !

Tout le monde éclate de rire, on pousse la table et les chaises du salon pour faire de la place à papa. Lili ne savait pas qu'elle allait passer une aussi bonne soirée rien qu'en descendant de vieilles diapositives du grenier !

Ce qu'il est drôle papa quand il imite les danseurs tahitiens en joignant les talons et en avançant en claquant des cuisses et des genoux. Et voilà que maman et Miriame se mettent à jouer aux vahinés en roulant des hanches et en balançant les bras. Alexian décide de faire comme papa, mais ce n'est pas si évident, et dans de gros éclats de rire, il se retrouve étalé sur le tapis du salon.

Lili choisit enfin son camp, elle fera comme

les hommes ! Et après quelques essais malhabiles, la voilà qui danse le *pā'oti* à la perfection ! Papa en est bluffé !

— Oui, mais ce sont les garçons qui font comme ça ! fait Alexian, avec sarcasme. T'es une fille, tu dois faire comme maman et Miriame.

— Hein heinnn... t'es jaloux que j'y arrive et pas toi, *Olexiannneee* ! se moque Lili en tirant la langue par la suite et en prononçant le prénom de son frère en dialecte, car elle sait qu'il déteste ça.

— Même pas vrai, l'Alsacienne ! réplique Alexian en visant, par ce surnom, le point qui fait mal pour sa sœur.

Et comme toujours avant d'aller dormir, tout tourne en cacahuète ! Plus de rires, mais des chamailleries, et Marie-Jo comme Albert interviennent en grondant sévèrement :

— Il est temps de vous coucher, réprimande papa. Et cessez vos bêtises ! Miriame ma chérie (oh l'ange !) et vous, les « petits » (c'est toujours comme ça qu'ils disent dans la famille, à croire que Lili et Alexian forment un lot), direction la salle de bains et vos chambres. Ah... Lili ! Comme tu as descendu les diapositives, je te charge de les ranger à leur place, ajoute papa en lui tendant la boîte des photos.

— Oui papa, marmonne Lili.

On se fait des bisous rapides, on s'échange des bonsoirs, des « Je t'aime », et Lili suit la fratrie dans l'escalier qui monte au premier étage. Elle tape du pied sur le bois des marches pour bien faire comprendre son mécontentement.

C'était si drôle avant que le petit frère ne gâche tout. On s'amusait bien ! En plus, ça lui a remonté le moral à Lili, qui pense aux cours du lendemain, même s'il n'y en a que pour la matinée, puisque c'est samedi.

Oh... et il y aura une heure à passer avec monsieur le curé, la poisse ! Il va encore leur montrer les mêmes diapositives du petit Jésus. Pfff...

Et là, une idée de génie germe dans l'esprit de Lili. Non, c'est une voix dans sa tête qui vient de lui souffler cette idée. En riant doucement, rien qu'en pensant à ce qui se déroulera le lendemain, elle se saisit de plusieurs diapos où il y a les vahinés, et range le reste. Personne ne s'apercevra de quoi que ce soit, au vu du nombre de photos dans la boîte. On va bien rire !

Samedi matin, le cours de religion arrive... tout comme le curé et son projecteur. C'est un peu la foire dans la classe, il n'a aucun contrôle sur les élèves. Au bout d'un moment, comme toujours, il les laisse quelques instants pour aller aux toilettes (il y va souvent, c'est l'âge a dit un jour maman).

Lili, à qui personne ne fait attention, se dépêche d'interchanger quelques diapos. Le petit Jésus est vite remplacé par les vahinés. Fissa, elle regagne sa chaise, et pour une fois, elle adopte un air sérieux, presque angélique.

Le curé revient, il ouvre et ferme plusieurs fois la bouche (le fameux tic) avant de demander à celui qui est le plus proche des fenêtres de bien vouloir baisser les volets roulants.

Le curé allume le projecteur et il narre l'histoire que Lili a déjà entendue si souvent, jusqu'à ce que, après un silence lourd d'étonnement, tous les enfants se mettent à pouffer bruyamment et à chahuter en se levant de leur place pour mieux apercevoir les images qui se dessinent sur le mur blanc.

— On voit leurs gougouttes ! crie un des

garçons.

Et c'est la foire, Lili s'écroule sur sa table en riant aux larmes. Ce que c'est bon ! Personne n'entend le pauvre curé qui hurle au sacrilège et se bat avec le projecteur pour l'éteindre. Il a même dû le casser, parce qu'après, plus personne n'a revu l'appareil (comme les diapositives des vahinés). Il allume les lumières et se met à crier lui aussi.

Ce qu'il est rouge monsieur le curé, jamais Lili ne l'a vu comme ça, et il est très très en colère. Et puis soudain, les yeux de la fillette absorbent toute la tristesse du curé qui s'affiche sur ses traits.

Elle est honteuse Lili, elle a également beaucoup de peine, car elle est extrêmement sensible et comprend le mal qu'elle vient de faire. Ce n'est pas bien !

À vouloir trop faire le clown, on peut faire des bêtises monstrueuses que même Dieu aura certainement beaucoup de difficultés à pardonner.

Enfin, l'espoir fait vivre.

Jamais plus Lili n'écoutera cette méchante petite voix qui lui parle dans la tête et la pousse à faire des bêtises. En tout cas, elle essayera.

-7-
Feu au collège, l'an 1984

Lili a treize ans

Lili est demi-pensionnaire au collège. Elle mange là-bas avec quelques nouveaux amis et de temps en temps avec des membres de sa bande de « pestiférés ». Elle s'est assagie et elle n'a plus d'heures de colle.

C'est peut-être – même sûrement – parce qu'elle a fermé la porte à cette voix intérieure qui la poussait à faire n'importe quoi. Lili, pour cette seconde année dans l'établissement, veut faire des efforts.

Du coup, elle est plus studieuse. Il y a moins de bagarres dans la cour également, au lieu d'un rythme de trois ou quatre par semaine, maintenant, il n'y en a plus qu'une... et encore, c'est juste pour l'entraînement et ne pas se rouiller.

Lili est inscrite au ping-pong, aux échecs, et joue à l'élastique après la cantine. Néanmoins, elle arrive encore à s'ennuyer, et remarque que ses amis les « pestiférés » se sont mis à fumer en cachette. Elle sent bien qu'ils se détachent d'elle et, quelque part, ça lui fait de la peine. Ils ont toujours été là pour elle. Lili doit faire des efforts pour qu'ils ne croient pas qu'elle les abandonne.

Du coup, elle les suit dans leur expédition de cache-cache avec le pion. Et puis c'est amusant, ça donne un goût d'aventure non négligeable à ses longues journées au collège. L'espace de dix minutes, elle redevient un pirate.

Il suffit de se diriger vers un angle de la cour, d'attendre que le surveillant tourne le dos, et de courir se dissimuler derrière les poubelles qui jouxtent le bâtiment des cuisines. Personne ne remarque leur provisoire disparition. C'est enfantin, et Lili rit beaucoup.

Un peu moins quand on lui propose une cigarette. Elle n'est plus la petite fille qui s'imagine que ces dernières sont magiques. Mais comment refuser sans perdre ses amis ? Alors elle accepte, et là, il y a toujours un briquet qui se tend pour allumer son clope.

La première fois que Lili a fumé avec les poumons, elle a cru qu'elle allait mourir de suffocation et que ses yeux allaient sortir de leur orbite, mais aujourd'hui, ça va, elle supporte. Elle a juste la tête qui tourne un peu et un sale goût dans la bouche. Une taffe sur deux, elle crapote et ça passe inaperçu.

— Dépêche-toi, Lili, s'énerve un des pestiférés, la cloche va bientôt sonner et il ne faudrait pas qu'on se fasse coincer.

Mais, ils mangent leurs clopes ou quoi ? Lili a à peine commencé à fumer qu'ils ont déjà fini !

— Le pion ! Il arrive ! crie celle qui fait le guet en déboulant sous le nez du groupe avant de courir à s'en décrocher les rotules.

Elle se dirige droit vers une porte de service qui permet de fuir et rejoindre l'intérieur du collège à la barbe du surveillant.

— Ohhhh merde ! marmonne Lili qui reste clouée sur place, tandis que les autres disparaissent à leur tour.

Dans sa main, la demi-cigarette au bout rougeoyant semble la narguer et lui dire : « Tu vas te faire prendre ».

Après un moment d'hésitation où Lili tourne plusieurs fois en rond sur elle-même à la recherche d'un endroit pour cacher son clope, et n'en trouvant pas, elle soulève le lourd couvercle des poubelles des cuisines, jette le mégot, et prend enfin ses jambes à son cou. Il était temps, du coin de l'œil, au moment même où elle passe la porte de service, elle aperçoit l'ombre du pion qui se dessine sur le bitume.

Elle court dans les couloirs, descend l'escalier en sautant les marches au risque de se rompre les os, et déboule en longues glissades sifflantes sur le carrelage du préau. Ensuite, l'air de rien malgré son souffle précipité, elle adopte une attitude décontractée et se dirige vers la cour pour se ranger dans la file des élèves de sa classe.

De loin, elle voit ses complices lui sourire et faire le geste de la victoire. Lili sourit et fait la grimace en même temps. Ils ont eu chaud oui ! C'est la dernière fois qu'elle fréquente cette équipe. Il est temps de grandir un peu, et Lili veut tenir ses promesses faites à papa et maman : plus de bêtises.

Les unes après les autres, les files d'élèves montent dans leurs classes respectives. Vient le tour de celle de Lili. Allez, un petit effort, il ne reste plus que quatre heures de cours, et un chewing-gum à mâcher en douce pour masquer l'odeur du tabac.

Il se passe bien une heure, quand tout d'un

coup, l'alarme incendie résonne dans tout le bâtiment.

Encore un exercice de secours ? Nous en avons pourtant fait un il n'y a pas si longtemps, s'interroge Lili en posant son regard dubitatif sur sa prof d'allemand, qui paraît tout aussi surprise qu'elle.

Comme les élèves l'ont appris, ils sortent de leur classe, et laissent toutes leurs affaires derrière eux. Ils suivent leurs professeurs qui ont à charge de les conduire vers les issues de secours et de les regrouper hors du collège, dans un vieux stade de sport. Tout doit se dérouler dans le calme. Mais à chaque fois, cela ressemble à s'y méprendre à la foire aux bovins.

Aujourd'hui, c'est encore plus le cas quand en descendant l'escalier du premier étage, de la fumée noire et âcre vient assaillir les bouches ouvertes et les narines des centaines d'élèves et adultes qui se mettent à tousser en chœur.

Ils font fort les pompiers et le dirlo ! Ils ont concocté un exercice qui frise la réalité, se dit Lili en se pinçant le nez.

En plus de cela, il flotte dans l'air enfumé

une odeur immonde de pourriture, et Lili a soudainement envie de vomir alors que ses yeux larmoient. Et ne serait-ce pas des sirènes que l'on perçoit distinctement au-dessus du chahut de plus en plus apeuré de tous ?

Il y a vraiment le feu !

Quand Lili prend conscience de la gravité de la situation, elle sent les poils de ses bras se hérisser et se met à courir comme tout le monde vers la sortie la plus proche. Aux orties les règles qui disent qu'il faut garder son calme, là, Lili doit sauver sa peau !

Heureusement, tous se retrouvent dans le vieux stade ouvert avec plus de peur que de mal, et de loin, ils voient les pompiers en action du côté des cuisines dont les murs extérieurs, qui font angles avec la cour du collège, sont complètement noirs de suie.

C'est l'endroit exact où elle a fumé avec sa bande de pestiférés, là où elle a jeté sa cigarette à demi consumée... dans les poubelles.

Oh... mon... Dieu !

Lili réalise avec effroi que dans sa peur d'être prise par le pion, elle a mis le feu au collège. Enfin, pas au bâtiment, même s'il est envahi par les fumées, mais aux poubelles de ce dernier. Et l'odeur de pourriture vient indubitablement confirmer ses pires pensées.

On va la prendre, on va la mettre en prison, l'image du costume de bagnard rayé jaune et noir la nargue dans son esprit. Encore une fois, les cigarettes sont devenues ses ennemies, et n'ont vraiment rien de magique !

Tous rentrent de bonne heure, car la direction appelle les parents pour qu'ils viennent chercher leurs enfants. Marie-Jo est heureusement à la maison lors du coup de fil, et se dépêche de prendre Miriame et Lili au collège.

La grande sœur n'arrête pas de parler, elle raconte de long en large le déroulement de l'événement de la journée : la fumée, la puanteur, les pompiers, le feu aux poubelles. Tout y passe. Et Lili se tasse sur la banquette arrière de la nouvelle 4L bleue. Elle pâlit et son cœur bat la chamade.

Marie-Jo s'inquiète du silence de Lili :

— Tu as eu peur, ma chérie ? Ce n'est rien, bientôt, cela ne sera plus qu'un mauvais souvenir, la rassure-t-elle encore.

Non, Lili est sûre qu'elle n'oubliera jamais. Reste à attendre les jours à venir. Il y aura certainement une enquête de police pour comprendre comment les poubelles ont pris feu. Lili sera arrêtée...

Pour une fois, elle n'a écouté aucune petite voix, et si bêtise monumentale il y a eu, elle est due à son unique étourderie. Et puis, comment réfléchir quand il faut courir ? Impossible.

Le feu au collège hantera longtemps les rêves de Lili, personne ne sut qu'elle était la coupable, et quelquefois, elle croit encore sentir la puanteur de la fumée.

-8-
Mon ennemi le lave-vaisselle, l'an 1984

Lili a treize ans

Nous sommes début juillet, et Lili part à Trilport, près de Meaux, pour travailler chez sa tante Louise (la sœur de son papa). Elle tient un hôtel-restaurant près de la vieille gare. C'est le premier job de Lili et c'est également la première fois qu'elle se sépare des siens.

Ce n'est que pour un mois, et le premier août, les parents comme Miriame et Alexian viendront la chercher pour aller en Bretagne.

Lili est vite mise derrière le bar à aider tonton Gaston. Elle sert des cafés, des diabolos (si peu), des ballons de vin rouge, rosé ou blanc (beaucoup plus), et des *perroquets*. La première fois qu'on lui en demande un, Lili se gausse, elle pense que le jeune homme plaisante.

— On ne sert pas d'oiseaux ici, ajoute Lili, hilare.

Tous les clients entourant le comptoir se mettent à rire par moquerie pour son ignorance. Et le monsieur dit à Lili :

— Un perroquet, c'est un cocktail,

mademoiselle.

— Ohhh... souffle Lili en ouvrant des yeux tout ronds, tandis que tonton Gaston pouffe à ses côtés tout en essuyant quelques tasses avec un immense torchon blanc.

— Le perroquet, explique le client, doit se faire dans cet ordre : prendre un grand verre, y faire couler un peu de sirop de menthe, puis une bonne dose de pastis, et finir avec de l'eau fraîche.

Lili en apprend des choses ! Très vite, elle devient l'animation du coin et sympathise avec les fidèles du bar. Un papi en particulier en arrive à être un peu son ami. Il débarque toujours à la même heure (plutôt aux mêmes heures), commande invariablement un ballon de rouge, et lui raconte les mêmes histoires. Mais au fur et à mesure que la journée s'écoule, ce qu'il narre se fait moins précis, et il bafouille beaucoup. Ce n'est pas si grave, il est gentil, et puis il doit être très fatigué avec son âge avancé.

— Il est surtout rond comme une queue de pelle, jette tata Louise après que Lili lui en parle. Il est là à la première heure, ensuite, il fait tous les bistrots du quartier et revient ici. Une vraie horloge. Il ne s'arrête que quand les cafés sont fermés.

Les jours de juillet filent, Lili prend de l'assurance et bientôt, Gaston et Louise la laissent seule pour gérer le bar. Lili en est heureuse, car comme ça, tous les pourboires vont dans sa poche, et qu'est-ce qu'elle a comme sous ! Incroyable ce que l'amoncellement de petites pièces, une fois changé en billets, peut représenter comme trésor !

Donc, Lili reste seule pendant que tata et tonton font le service en salle et s'occupent des clients de l'hôtel. Les seules choses auxquelles elle ne touche pas, à la demande de Gaston, sont les grosses caisses de bouteilles à monter de la cave, et le lave-vaisselle du bar. Pour Lili, tout baigne, car quand ce n'est pas l'heure de pointe, elle nettoie à la main les verres et les tasses.

Un matin, après le passage du papi-horloge-à-buvettes, un monsieur que Lili n'a jamais vu entre dans le restaurant. Il est tout bizarre le gars, et est habillé avec un immense pardessus. Avec cette chaleur de juillet, Lili se dit qu'il doit être malade. D'ailleurs, il a mauvaise mine, les cheveux tout gras, et le visage gris.

Il s'approche du bar et commande un café. Pas de problème, en plus Lili n'a que lui à servir pour l'instant, tout est calme. Gaston prépare les tables et Louise se trouve dans la cuisine.

À un moment, le client fait signe du doigt à Lili, il lui montre la direction de ses pieds de l'autre côté du comptoir. Le monsieur a-t-il fait tomber quelque chose ? De là où se tient Lili, elle ne peut rien apercevoir, et elle se penche au-dessus du bar pour voir ce qu'il désigne.

Lili se tétanise, lentement elle recule et détourne le regard.

Ne parle pas, ne fais pas de gestes brusques, file chercher tata, se conseille-t-elle mentalement.

L'air de rien, tout doucement, Lili se déplace le long du comptoir et guette les mouvements du client. Il ne bouge pas et s'est remis à boire son café comme si de rien n'était. Tonton Gaston n'est pas dans la salle, alors Lili se dirige vers les cuisines. Tata, vite, il faut la trouver !

Elle est là, et alors, Lili perd son sang-froid :

— Tata... il... il... au bar... m'a... rhoooooo...

Louise ne comprend rien (pas évident non plus), mais sent que quelque chose de grave vient de se produire et que Lili en est très remuée.

— Oui, quoi, au bar ?

Lili s'agite, essaye de mimer avec ses mains, tant les mots ont du mal à se former et quitter sa bouche :

— Un... mo... monsieur... un man... manteau...

— Quoi ? s'énerve tata.

Enfin, les paroles de Lili qui s'étaient coincées dans sa gorge fusent comme des cris de moineau apeuré :

— Il m'a montré son kiki en ouvrant son manteau !

Louise semble se pétrifier sur place. Elle pâlit, et soudain, elle devient toute rouge. Lili assiste à une métamorphose incroyable.

— Oh le vieux cochon ! Oh le gros dégueulasse ! Je vais la lui couper ! Il va la manger ! Je vais le *tuerrrrrr* !

En même temps que Louise s'échauffe et lance ces mots, elle se tourne d'abord en direction d'un long couteau de cuisine, puis vers une paire de ciseaux, puis vers la rôtissoire... pour enfin se jeter sur un antique balai au manche en bois et à l'extrémité constituée de paille qui a bien trop vécu.

Telle une enragée, Louise quitte les cuisines et court vers le bar en brandissant son arme. Là, d'autres insultes fusent, parce que le « vieux pourri » comme vient encore de hurler tata, est toujours tranquillement accoudé au comptoir et ouvre de grands yeux en la voyant débouler sur lui.

Lili est bouche bée devant Louise qui s'est transformée en véritable pitbull. La voilà qui frappe le bonhomme qui se protège la tête de ses bras, et les pans du pardessus s'écartent à nouveau. Cette fois tata vise le kiki tout mou et moche, et le gars prend la fuite. Louise l'attaque encore plusieurs fois, mais en lui bottant les fesses à coups de pied et en le poursuivant dans la rue.

Gaston se tient près de Lili dans la salle du restaurant vide, il a assisté à toute la scène, et loin d'être hagard comme Lili, il rit à gorge déployée.

— Quelle femme ! s'exclame-t-il avant de pouffer derechef.

Quelle furie, oui ! se dit Lili, mais qui grâce à son tonton, se met à rire pareillement, ce qui rend l'épisode de l'exhibitionniste (c'est tata qui donnera ce terme plus tard) moins dramatique et plus facile à vivre.

Lili n'en est pas traumatisée et les jours suivants, Gaston et Louise l'entourent de leur présence et de leur affection. Ils lui délèguent également plus de tâches à accomplir, peut-être parce qu'ils croient qu'en la faisant travailler un peu plus, elle pensera moins au sale bonhomme.

Elle a même le droit d'utiliser le lave-vaisselle, Gaston vient de le lui annoncer.

— Vrai, tu me fais confiance ? s'écrie avec joie Lili, qui se trouve à nouveau derrière le comptoir.

— Mais oui, confirme Gaston en ébouriffant les courts cheveux roux de sa nièce.

Oh, alors là, c'est un super cadeau, parce qu'aujourd'hui, c'est samedi, et le restaurant est plein à craquer, tandis que le bar est noir de monde.

Lili se voit mal faire la vaisselle de tous les verres et tasses à la main.

Géant !

Tout se passe nickel chrome jusqu'à ce qu'il

faille mettre en route la machine. Lili a bien aperçu Gaston le faire plusieurs fois, mais hésite, car elle sait qu'elle est une miss catastrophe en puissance.

Bon, ce ne doit pas être si compliqué. Oui, mais avant d'allumer l'engin, il faut bien ajouter du produit, non ? Et c'est quoi qu'il faut mettre là-dedans ?

Vite ! Les clients s'impatientent tandis qu'elle perd son temps avec ces broutilles. Lili tend la main vers la bouteille de liquide vaisselle, en fait couler une bonne dose dans le tambour, ferme la porte et tourne le bouton comme elle a vu Gaston le faire.

Elle soupire de soulagement, la machine se met en route, tout va bien. Du coup, elle reprend son service et décoche les cafés comme les apéritifs à la vitesse de l'éclair. Mais très rapidement, l'ambiance change autour du bar. Les gens poussent des exclamations étonnées avant de rire et de poser des regards étranges sur Lili qui discute avec le jeune homme au *perroquet*.

— Ça mousse dur par ici ! lance un client et Lili jette un œil sur lui avant de l'ignorer.

C'est bon, les blagues à deux balles, elle en a eu plus qu'à son tour.

— Il va falloir appeler les pompiers ! plaisante une autre personne, tandis que tous s'écartent du bar, comme le monsieur au perroquet qui tend un doigt pour désigner quelque chose dans le dos de Lili.

— Non ! Mais qu'est-ce que tu as fait ? vocifère alors la voix de tonton Gaston, et Lili se retourne pour se heurter à un immense mur de mousse.

Il y en a partout, il y en a tant que Lili n'aperçoit que partiellement Gaston. La mousse gagne en densité et en hauteur, la voilà qui monte à l'assaut du comptoir et déborde en direction des grands tabourets désertés.

Certains clients sont effarés tandis que d'autres sont morts de rire. Beaucoup en profitent pour sortir sans payer. Et la pagaille s'installe également du côté des tables bondées du restaurant, alors que c'est le gros rush de midi !

Lili est tellement effondrée, anéantie par sa nouvelle bêtise, qu'elle se laisse sombrer corps et âme dans la mousse. Plutôt mourir que d'affronter la colère de Gaston et celle de la furie au balai de paille.

Ce jour-là, le chiffre d'affaires de tonton et tata égala zéro. Lili ne mourut guère étouffée sous la mousse et aida à tout nettoyer après que Gaston eut réussi à stopper la machine à laver. La mousse, ça prend son temps pour disparaître, mais au final, ça ne fait pas de dégâts.

Lili dut finir son mois de juillet à mettre les couverts sur les tables et à débarrasser, tout comme à ranger la vaisselle après le service. Et tout s'acheva sur une dernière bêtise, ou étourderie :

— Ne casse pas mes verres, d'accord Lili ? dit Louise qui court vers le téléphone qui sonne, après avoir donné son assentiment pour que sa nièce range les coupes à champagne.

Plusieurs... des coupes. En fait, une pyramide de coupes sur un plateau.

Cette fois, je ne décevrai pas tata, songe avec détermination Lili tout en soulevant son précieux fardeau avec précaution.

Lentement, elle se retourne et se dirige vers la grande table près du meuble où l'on groupe les verres. Lili y arrive, pose délicatement le plateau qui commence à faire son poids. Bingo ! Pas de casse, tout est en ordre. Lili est très fière d'elle.

— Tout va bien, Lili ? lance tata de son coin téléphone.

Lili est heureuse, elle fait volte-face en direction de Louise et s'apprête à lui répondre par l'affirmatif quand, tout d'un coup, un fracas monstrueux retentit dans son dos.

Non, mais non...

Lili se retourne tout doucement en fermant les yeux, peut-être qu'ainsi, elle effacera comme par magie le drame qui vient *encore* de se dérouler. Lili ouvre les paupières, et à ses pieds, comme elle s'y attend, s'étalent les bouts de verre de la pyramide de coupes brisées. Il n'en reste plus une seule de vaillante.

Lili se rend alors compte qu'elle a dû poser le plateau en équilibre sur le bord de la grande table. Après... c'est la fatalité qui a joué.

Lili ne retourna plus jamais aider tonton et tata. Elle se demande encore pourquoi aujourd'hui.

-9-
Premier baiser, l'an 1985

Lili a quatorze ans

Voilà bientôt un an que Lili a changé d'établissement scolaire. Rien n'allait plus au collège, alors ses parents l'ont placée dans une école privée dans une autre petite ville non loin de Schillersdorf et répondant au doux nom de Bouxwiller (prononcer : « boucqusssvilère », je ne sais pas si je vous aide beaucoup).

Miracle ! Lili y travaille enfin et ses notes sont très bonnes, surtout en français et en histoire, car ces deux matières sont ses préférées.

Pour gagner son école, Lili prend le bus tous les matins à 6 h 30, sauf le samedi et le dimanche. Il la dépose au centre-ville et la jeune fille doit traverser à pied les vieilles ruelles pour arriver à son établissement. Pourquoi parler de l'itinéraire de Lili ? Parce qu'elle s'est découvert une forte passion pour la lecture. Enfin, pour être plus juste, disons que sa passion se rattache beaucoup plus à la romance qu'elle trouve dans ses nouveaux livres. Sur son trajet, donc, se situe la librairie, et dans celle-ci, sur des rayonnages à l'arrière de la boutique, sont alignés des romans aux couvertures qui représentent à chaque fois un couple enlacé sur fond de décor coloré.

Eh oui, Lili est friande de romantisme !

C'est grâce à sa mémé Dorf tout ça. Car cette dernière lit des récits amoureux par centaines et entasse ses livres dans des cartons. Malheureusement, beaucoup sont écrits en allemand et, les seuls qui sont en français, Lili les a déjà lus. Oui, depuis qu'elle les a trouvés, elle les dévore.

Cela fait tout drôle de se découvrir « fleur bleue » comme disent les mauvaises langues qui ne consultent qu'un article du journal par semaine – probablement moins que ça – et certainement à la page des annonces de décès, c'est tellement plus intéressant. Seulement voilà, Lili n'est pas riche, et pour assouvir sa passion, son unique argent de poche ne suffit pas. Si elle n'a pas plus de trois romans par semaine, Lili est en manque, comme une droguée, et devient vraiment insupportable. Alors elle cherche une solution, comme faire des ménages chez mémé Dorf tous les samedis matins.

Pour cinquante francs, mémé est toute contente d'accepter. Et Lili comprend vite pourquoi... c'est à proprement parler un taudis chez elle. Plus jamais l'adolescente ne pourra manger ici sans se demander si son assiette ne contient pas une mouche ou une abeille (il y en a des tas dans l'huile de friture), sans compter les plats qui se trouvent au frigo et qui sont couverts de poils ou duvets bizarres.

Passons les extras culinaires de mémé et revenons à la lecture de Lili. Ce qui l'intéresse surtout, ce sont les héros des romans. Ils sont tous beaux, athlétiques, virils (elle ne comprend pas bien ce terme, mais il revient très régulièrement, comme les « muscles », à tous les paragraphes pratiquement). Ils la font rêver du prince charmant. S'ils sont là dans les livres, c'est qu'ils existent réellement, et comme Lili s'identifie aux héroïnes, elle se dit que son amoureux parfait va bientôt la trouver. Elle rêvasse Lili, et c'est si bon qu'elle est souvent sur un petit nuage tout doux et cotonneux.

Et puis elle désire savoir... ce qu'est un baiser, un vrai, avec la langue. Pas un truc rapide où il s'agit d'apposer simplement les lèvres sur celles de son partenaire. Comment est-ce ? Délicieux, envoûtant, excitant, à tomber par terre selon les romans et les sensations que découvrent les héroïnes.

Et puis Lili n'est pas patiente. Elle le veut tout de suite son prince charmant. Mais comment faire ? Dans son village, les garçons ont beau avoir changé de comportement avec elle depuis qu'elle est plus féminine et qu'elle porte les cheveux longs, ils ne l'intéressent pas. Dans son école... c'est la galère, car il n'y a pratiquement que des filles ! Cela ne fait qu'un an que l'établissement est ouvert au sexe bleu, et il n'y en a que quatre... qui ne sont pas attirants du tout.

Arrive la solution : le bal du samedi soir au bourg.

C'est un mélange d'animation de vieilles musiques et de danses telles que la valse ou la marche, avec d'autres plus modernes pour les jeunes. Papa et maman acceptent que Lili s'y rende en compagnie d'une amie de sa nouvelle école et de Miriame. De plus, papa aura l'œil sur les filles, puisqu'il s'occupe de la sécurité à la porte d'entrée de la salle polyvalente. C'est super ! Lili va rencontrer son prince charmant ! Elle en est certaine.

Le samedi soir, avec son amie Cornélie qui dort à la maison, Lili sort toutes ses affaires de l'armoire et s'habille, et se change, au moins une centaine de fois avant de trouver *LA* tenue parfaite. Au moment de partir, vers 20 h, c'est un monstrueux capharnaüm de textiles que Lili laisse derrière elle, mais elle n'y pense pas. Tel le chant des sirènes, les ondes des basses de la musique qui parviennent jusqu'à la maison l'attirent irrémédiablement vers le bal.

Le début de soirée est à mourir d'ennui. C'est quoi ces danses de vieux ? Ça fait « houm pa pa, houm pa pa » et « houm houm houm », et puis il n'y a que des anciens à danser en couples sur la grande piste au pied d'un groupe de musiciens. Pour la valse, pas de problèmes, Lili la pratique aisément, tout comme la marche, et quelque part, elle aime ça, mais seulement quand elle participe. Parce que là, assise sur sa chaise, à écouter les chansons en alsacien et la musique ringarde, Lili est à deux doigts de s'en aller. Pensez bien ! Son prince charmant ne viendrait jamais à un truc pareil ! Sauf peut-être les beaux cow-boys, mais nous sommes loin des supers ranchs du Far

West... et des beaux mâles « bien charpentés ». Il faut vraiment que Lili s'intéresse un peu plus à la définition de ces termes, elle aurait pu le demander à sa prof de français, ou à sa mère... mais une petite voix l'en a empêchée.

Vers 23 h, les musiques changent enfin, les rythmes sont plus effrénés, et les anciens rentrent sagement chez eux pour faire la place aux jeunes. Ils font bien, car Lili, Cornélie et Miriame sont impatientes de se déhancher sur la piste de danse.

La soirée devient alors vraiment sympa, et mis à part les chanteurs qui arrivent à déformer complètement une chanson du moment, tout se passe bien. Et soudain... le regard de Lili rencontre celui d'un beau garçon. Il est grand, blond et a les iris clairs. Il est habillé d'un jean et d'une chemise bleue et... ne la quitte pas des yeux. Il se tient statique sur le bord de la piste de danse.

Cornélie la pousse du coude en riant, car Lili s'est figée sur place, telle une statue.

— Tu veux que je te le présente ? C'est un de mes arrière-cousins, c'est un vieux, il a dix-huit ans !

Vrai ? Non... c'est trop beau !

— Oui ! s'écrie Lili avant de se reprendre et de faire mine de se désintéresser du jeune homme.

— Viens, quittons la piste et allons nous asseoir, j'ai soif, lance Cornélie qui bouscule les danseurs pour parvenir à son but, Lili la suivant pour profiter de son sillage.

Là encore, elle fait mine de ne plus regarder le beau garçon. Ce n'est pas du chichi, mais sa fichue timidité qui resurgit au mauvais moment ! Lili n'arrive tout bonnement pas à croiser les yeux de...

— Il s'appelle comment ? souffle-t-elle dans l'oreille de son amie.

— Yo, Chan-Louis ! répond Cornélie avec son accent alsacien.

Traduction : Jean Louis.

Bon, on est loin des Aidan, Brian, Steven, Storm, etc. qui peuplent ses romans, mais cela fera l'affaire. Après tout, on ne peut pas tout avoir. Il est déjà beau, ce n'est pas rien.

Cornélie invite son arrière-cousin à s'installer à leur table. Bien sûr, il accepte et s'assoit en face de Lili qu'il ne quitte toujours pas des yeux. Prenant sur elle, Lili choisit d'endosser son rôle de clown pour faire fuir son trac, et ça marche, le dialogue et les rires s'instaurent... et *Chan-Louis* a malheureusement un foutu satané accent alsacien, identique à celui de Cornélie. C'est de famille. Non, c'est la région qui veut ça.

Là encore, rien à voir avec les héros des livres de Lili qui ont des accents sexy, chauds et la voix souvent rauque. Bon... on fera également avec... *Chan-Louis* est toujours beau, même si Lili commence à le voir différemment.

La soirée passe encore et l'heure des slows est arrivée. Jean-Louis invite Lili, qui accepte évidemment. Il danse bien, il sent... fort, trop de parfum peut-être, mais il ne pue pas, c'est déjà ça.

Jean-Louis cherche à l'embrasser une ou deux fois, mais Lili détourne la tête. Pourquoi ? Elle serait enfin fixée sur le baiser ? Les slows se terminent, le couple rejoint la table où Cornélie lance un regard curieux à son amie. Lili fait non de la tête. Ben non... quelque chose l'a retenue. Le prénom ? L'accent alsacien ? Les forts effluves de son parfum ?

— Tu sors dehors avec moi ? demande alors Jean-Louis à Lili.

Dehors ? C'est d'accord, et papa est à l'entrée pour faire la sécurité, donc elle ne craint rien. Lili a beau être jeune, elle reste néanmoins très prudente.

Ben non, papa n'est pas là, mais ils ont leur tampon sur le poignet pour leur assurer le retour dans la salle. Le dessin à l'encre rouge témoigne du paiement de leur arrivée quelques heures plus tôt.

Lili et Jean-Louis font quelques pas sous la lumière des réverbères à l'extérieur de la salle polyvalente et celle de la lune, qui est loin d'être pleine comme dans les romans. Là encore, la timidité empêche Lili de discuter, mais cela ne semble pas gêner Jean-Louis qui lui prend délicatement la main et se poste devant elle.

Le moment est arrivé. Lili va enfin savoir ce qu'est un vrai baiser. Elle tremble, son cœur bat la chamade, elle a presque le souffle court... tout est là, comme ce que ressentent les héroïnes des romans.

Il est grand, il penche la tête et lentement, il pose ses lèvres chaudes et douces sur les siennes. Lili ferme les yeux, jusque-là, c'est bon.

Jean-Louis glisse sa langue dans sa bouche à la rencontre de la sienne et Lili sursaute, mais tient le coup. En fait, c'est assez étrange comme sensation et son esprit tourne à la vitesse de la lumière, le voilà qui analyse la salive parfumée à la menthe de Jean-Louis. Normalement... on ne doit plus rien ressentir d'autre que du plaisir, non ? Alors pourquoi Lili se demande-t-elle d'où vient cette forte odeur de menthe ?

Les choses s'accélèrent et Lili se crispe. Jean-Louis essaye de lui faire gober sa langue ! Tout ne se passe vraiment pas comme elle l'avait rêvé ! Et c'est encore pire quand arrive sur sa propre langue une sorte de truc mou au goût vraiment mentholé... un chewing-gum ! Là, c'en est trop !

Lili se dégage des bras de *Chan-Louis* et crache peu gracieusement l'abomination qui a échoué dans sa bouche. D'un revers de main, elle s'essuie les lèvres, et s'enfuit en courant vers la salle de bal.

Jamais, non plus jamais, elle n'embrassera quelqu'un ! Ses rêves sont brisés, les auteurs sont des affabulateurs et leurs romans un ramassis de mensonges. Les baisers sont tout à fait horribles et écœurants. Ce n'est qu'une histoire de langue et de salive. Et si ce n'était que ça ! Car là, le chewing-gum a été le pompon !

Lili a été bête et impatiente.
Lili était trop jeune et rêvait d'absolu.
Mais *Chan-Louis* aurait dû penser à jeter son chewing-gum ! Que cela serve de leçon aux jeunes garçons et filles qui liront ce chapitre.

Ah oui... et évitez de vider sur vous toute la bouteille d'eau de Cologne !

-10-
Tout à fait « space », l'an 1990

Lili a dix-neuf ans

Que la vie est belle ! Surtout quand arrivent les vacances de septembre tant attendues et que Lili peut quitter l'Alsace et son travail momentané de caissière à Ingwiller, car il est certain qu'elle ne fera pas ça toute sa vie. C'est ce qu'elle se dit alors qu'elle voyage en voiture avec une amie, Corine, en direction des Pays-Bas. De plus, Lili est heureuse, car elle va retrouver sa sœur Miriame qui s'est installée là-bas, depuis six mois, avec son petit ami.

Un Hollandais dans la famille... qui l'aurait cru !

Cela fait presque un an qu'ils se connaissent et Miriame parle couramment le néerlandais... en six petits mois seulement ! La sœur de Lili l'épatera toujours, et qu'est-ce qu'elle lui manque ! Les dernières années, avant la venue de Dionijs – le petit ami –, toutes deux étaient inséparables et avaient tissé un lien très fort, vraiment fusionnel. Mais voilà, Miriame était tombée amoureuse et avait quitté la maison où Lili vivait encore avec ses parents et Alexian.

Quel vide... quel choc pour Lili.

Alors aujourd'hui, c'est la fête, les retrouvailles s'annoncent sous de très bons auspices. Surtout que Lili a trouvé de quoi passer le temps dans la voiture, elle est la copilote et la détentrice suprême de la carte routière. Corine peut rouler en toute confiance en écoutant en boucle les tubes de Mylène Farmer dont elle est fan, et heureusement pour Lili, la chanteuse ne s'égosille pas, elle n'émet que des filets de voix.

De toute façon, ce n'est pas compliqué de parvenir aux Pays-Bas, c'est droit vers le nord. Miriame leur a, de plus, envoyé une carte sur laquelle elle a eu l'idée judicieuse de tracer un trait de crayon sur la première partie de la route à prendre en Allemagne, il suffit de suivre le chiffre de l'autoroute pour se diriger ensuite. Facile, vraiment.

Cependant, au bout d'un long moment, Corine s'inquiète :

— Tu es sûre que c'est la bonne route ?

— Mais oui ! C'est bien la 7 qu'il faut continuer de prendre, assure Lili qui ne peut s'empêcher de bâiller copieusement, lassée, elle aussi, par l'infernal trajet.

— C'est étrange tout de même, on aurait dû passer devant un panneau signalant *Köln*[1] ! De plus, il commence à neiger ! C'est tôt pour un mois de septembre et en parlant des panneaux, je n'arrive pas à déchiffrer tout ce qui est affiché dessus.

Corine a raison et Lili voit d'un très mauvais œil tous ces flocons blancs qui s'écrasent sur le pare-brise de la voiture. Sans compter qu'effectivement, les noms sur les panneaux sont presque impossibles à lire... et pour cause.

Avec horreur, Lili et Corine arrivent à en traduire un, juste au moment où elles s'engagent derrière une des files de véhicules qui ralentissent pour passer les postes de douane à la frontière... de la République fédérale tchèque et slovaque !

— On est en Tchécoslovaquie ! s'écrie Corine d'un air ahuri. Mais qu'as-tu lu sur la carte ?

Lili reste bouche bée un moment et suit du doigt le parcours effectué. En fait... ce n'était pas la route 7 qu'il fallait suivre, mais la 17. Malheureusement, Miriame a tracé le trait sur le 1 du 17... et Lili n'a pas fait attention à ce détail

---

[1] Köln : Cologne en français, grande ville allemande.

trompeur. Et puis elle avait la tête ailleurs, se voyait déjà avec Miriame, et avait omis de se rendre compte que la 7 bifurquait vers l'est et l'ancienne Tchécoslovaquie.

C'est la cata !

Corine passe la douane et la frontière, fait demi-tour plus loin, et revient sur les terres allemandes.

— Bien, annonce-t-elle alors, nous avons le choix, soit nous retournons en Alsace, soit nous nous rendons aux Pays-Bas. À partir d'ici, il y a à peu près le même nombre d'heures de route.

Oh zut ! Normalement, il leur fallait juste un peu plus de six heures pour arriver chez Miriame, là... on repartait à zéro... il fallait en compter tout autant !

— Nous allons chez ma sœur, grommelle Lili à Corine avant que toutes deux ne poussent un gros soupir de lassitude. Nous aurons vu la neige, essaye-t-elle de plaisanter avant que Corine ne lui lance un regard noir.

La route va être longue... très longue, surtout bercée par la voix de Mylène Farmer que Corine vient de pousser à fond avec le bouton volume, au moins là, on comprend un peu ce qu'elle raconte. Et puis Lili a une faim de loup, cependant, ce n'est pas le moment de faire un arrêt, et si seulement Corine pouvait appuyer sur le champignon. Mais non, elle continue de rouler comme une mémé au volant d'une 2 CV qui accélère et décélère sans arrêt, au risque de faire vomir Lili dans l'habitacle.

Huit heures plus tard, toutes deux arrivent enfin à destination dans le nord-est des Pays-Bas, dans une petite ville du nom de Emmen. Il fait nuit noire, pas moyen d'admirer le paysage. Par contre, Lili a appris une chose, les Néerlandais adorent tout ce qui est droit, leurs routes sont ainsi, infinies, linéaires, soporifiques au possible.

Maintenant, il s'agit de trouver la maison de Miriame et Dionijs dans les quartiers où toutes les demeures en briques rouges se ressemblent et sont accolées les unes aux autres. Après maints tours et détours, la voiture de Corine se gare enfin devant le numéro 10 d'une rue au nom impossible à écrire et encore moins à prononcer.

Miriame sort tout de suite et tombe dans les bras de Lili. Les retrouvailles sont comme la jeune femme les attendait : chaudes et pleines d'émotions. Cependant, la fatigue est là, après plus de quatorze heures de trajet – il a bien fallu faire des arrêts pipi –, on ne peut en vouloir à personne.

— Vous avez certainement faim ou soif, entrez vite ! s'écrie Miriame en aidant à porter les quelques affaires des filles.

— Juste un verre d'eau pour moi, baragouine Corine, et je file me coucher si ça ne te dérange pas. Le trajet m'a tuée.

— Je ne comprends toujours pas pourquoi cela a été si long, lance Miriame en refermant la porte d'entrée derrière elles. Je m'inquiétais sérieusement.

— Demande à ta sœur, marmonne Corine qui jette un nouveau regard noir sur Lili.

— Qu'as-tu encore fait ? gronde gentiment Miriame qui sait qu'avec Lili on peut s'attendre au pire.

Mais Lili est tellement gaffeuse, qu'à la fin, on lui pardonnerait presque tout tant c'est inné et inévitable chez elle. Avec Lili, impossible de s'ennuyer... sauf en ce qui concerne Corine... La pauvre, rouler plus de quatorze heures, quand même !

Dionijs vient également les accueillir chaleureusement avant de filer dans la cuisine où des effluves de gâteau ravivent les crampes d'estomac de Lili. Corine peut aller dormir, Lili quant à elle, a trop faim pour se coucher tout de suite.

Dionijs est grand, les cheveux blonds et les yeux bleus rieurs. Il est un peu comme un frère et il est amusant avec son charmant accent et la boucle d'oreille perroquet (encore... cet oiseau poursuit Lili) inlassablement accrochée à son lobe.

Tandis que Corine disparaît dans l'escalier menant à l'étage et aux chambres, Miriame pousse Lili vers le salon aux immenses fenêtres donnant vers l'extérieur et la nuit noire. Lili est toujours étonnée du fait qu'il n'y ait jamais de rideaux dans les maisons néerlandaises, ni de volets. Comment font les gens pour préserver leur intimité ? Miriame dit qu'ils s'en moquent et que ce n'est qu'une habitude à prendre. Comme celle de manger des hamburgers avec une tranche d'ananas dedans ou des cornichons sucrés.

Ils sont fous ces Hollandais, songe Lili en

souriant de ces coutumes auxquelles non, décidément non, elle ne peut s'habituer.

— Installe-toi dans le canapé, propose Miriame en disposant des boissons sans alcool et des verres sur la table basse. Je vais te préparer des sandwichs, je reviens tout de suite.

Oh oui ! Car Lili est de plus en plus affamée, sans compter Dionijs qui semble la narguer en déposant presque sous son nez un beau petit cake qui sent horriblement bon.

Lili s'en approche d'ailleurs dangereusement et Dionijs se met à rire.

— Ah non, tu manges pas, c'est *space cake* ! Pas maintenant. Plus tard, dit-il en s'exprimant de mieux en mieux en français malgré quelques lacunes.

— C'est quoi un *space cake* ? demande Lili toute curieuse.

— Un gâteau pour rêver, lance Miriame de la cuisine, son rire clair suivant ses paroles.

— Weed dedans cake, ajoute Dionijs en lui tendant une étrange cigarette conique qu'il vient de rouler et d'allumer.

Lili comprend que c'est un joint, normal,

nous sommes aux Pays-Bas, tout le monde fume de l'herbe ici, ça doit commencer au berceau, dans le biberon. Et elle ne connaît pas. Du coup, par curiosité, elle accepte de tirer quelques taffes.

Au bout d'un moment, elle soupire d'un air déçu :

— Pfff... ça ne me fait rien, je ne me sens pas différente.

Dionijs et Miriame se gaussent et lui conseillent d'être plus patiente. Tous deux s'en vont dans la cuisine et laissent Lili toute seule. Bonne idée, comme ça, elle va pouvoir faire sa fête au gâteau qui lui fait de l'œil depuis un moment. Elle a tellement faim ! Et puis Lili est gourmande.

De plus, elle a soudainement la tête qui tourne tant son estomac crie famine. Alors une minuscule tranche de cake, ça ne peut vraiment pas lui faire de mal. Lili coupe une part, remarque que le cake est confit de trucs qui ressemblent à des feuilles de persil, elle hausse les épaules et n'en fait qu'une bouchée.

Hummm... c'est tellement bon, c'est sucré avec un arrière-goût épicé. Assez sympa comme mélange. Oui, mais voilà, une tranche ne suffit pas, et avant que Dionijs et Miriame ne reviennent, Lili a englouti la moitié du petit gâteau.

— Lili ! Qu'as-tu fait ? s'exclame Miriame en arrivant dans le salon et en s'apercevant qu'un demi-cake a disparu. Ce n'est pas une pâtisserie comme les autres, c'est toi qui as mangé tout ça ?

Oh là là... Lili aimerait bien répondre, mais tout d'un coup, le monde entier bouge violemment autour d'elle. Même le canapé de cuir semble s'amollir sous son poids et l'aspirer pour la gober.

Oh là là... non, ça ne va pas, et voilà que Lili rit et pleure à la fois. Dionijs et Miriame ? Elle les entend, mais ne comprend plus rien. Et puis c'est quoi ces poules qui caquettent du jazz ? C'est affreux et Lili essaye de s'extirper du canapé gluant et vocifère après les sales volatiles :

— Arrêtez de chanter, les poules !

Non, elle n'aurait pas dû les mettre en colère, maintenant, elles chantent mille fois plus fort, et Lili se met debout, enfin elle croit le faire, car en fait... elle rampe comme une limace.

— Tu as mis beaucoup de weed dans le cake ? s'inquiète Miriame en parlant néerlandais avec

Dionijs.

— Non, mais elle en a mangé beaucoup, et elle en a également fumé !

— Tu l'as laissée fumer ? couine Miriame en ouvrant de grands yeux tandis que Lili glisse à plat ventre sur le parquet du salon tout en insultant des poules.

Oh misère ! Miriame subodore que la nuit va être définitivement longue, à veiller sur son infernale sœur de dix-neuf ans pourtant.

— Ki ka éteint la bière ? marmonne Lili qui à force de nager en rond vient de se coincer la tête sous la petite table du salon.

Oui, la nuit fut très longue et Lili fut malade comme jamais.

Par faim, gourmandise et curiosité, elle avait fait la bêtise de se jeter sur un succulent cake, alors qu'on l'avait prévenue qu'il contenait du weed.

Depuis, Lili ne mange des gâteaux que s'ils sont nature ou s'ils ne contiennent que des pommes ou du chocolat, et elle n'a plus jamais touché à un joint. Ça, ce fut le point positif de sa mésaventure.

Et puis imaginez... des poules chantant du jazz...

-11-
La jupe à boutons, l'an 1991

Lili a vingt ans

À force d'ambition et de travail, Lili vient de signer un CDD dans une grande entreprise de production de médicaments de la banlieue strasbourgeoise. Elle s'est acheté un petit appartement et une voiture neuve. Tout va bien dans sa vie et elle est célibataire. Elle ne s'en plaint pas remarque, même si inconsciemment, une partie d'elle recherche toujours le prince charmant. Mais existe-t-il ?

Elle travaille en trois fois huit et ne refuse pas de venir les jours de congé quand une commande pour le Japon monopolise toutes les équipes de production.

Lili, en fait, est épanouie. De plus, elle est entourée par ses collègues et ces amis masculins de la période postadolescence. Les seules femmes qui côtoient Lili sont celles qui forment avec elle son groupe de contrôle de médicaments, le « mirage », dans l'établissement pharmaceutique.

Lili est bien plus heureuse en compagnie des hommes. Ils s'entendent bien et ils jouent tous le rôle de grand frère avec elle. À aucun moment il n'y a de gestes déplacés ou d'avances. C'est comme ça. Lili fait partie de l'équipe des gars.

D'ailleurs, elle est plus souvent avec eux depuis un mois, car elle a décroché son accréditation pour travailler en bloc stérile. Le must ! Elle connaît toutes les procédures sur le bout des doigts et adore passer les nombreux sas en se revêtant de sa combinaison de « cosmonaute » avant de rentrer dans ce monde hyperaseptisé, balayé par le souffle froid des flux laminaires horizontaux.

C'est un boulot passionnant que de s'occuper des médicaments qui vont sauver des vies humaines, et ça l'est encore plus quand Lili est en bonne compagnie, car ses amis sont tout aussi pitres qu'elle. À l'intérieur du bloc, ils chahutent très souvent à s'arroser d'alcool en pulvérisateur, on a l'impression de se transformer en glaçon en un instant, et quand arrive l'heure de la pause déjeuner, surtout le soir, tous se dirigent vers les sas de sortie pour revêtir leurs uniformes blancs, se dépêchent de manger, de boire un café, et se rendent au point de départ... de la course.

Qu'est-ce que c'est que cette histoire de course ?

Le nouveau jeu de Lili et de ses collègues. Direction les longs couloirs sans caméra qui jouxtent les entrepôts et les zones de production. Là, deux tire-palettes électriques sont placés côte à côte. Le jeu consiste à s'asseoir sur le moteur couvert du tire-palette et de l'activer en le lançant dans une course le long du large couloir. À ne surtout pas reproduire chez soi.

C'est à chaque fois de succulents moments de fous rires et les dangers ne sont pas grands puisque les engins ne roulent pas vite et s'arrêtent automatiquement dès que l'on relève les poignets.

Ils s'amusent énormément, et il n'est pas rare que tout le monde se rassemble dans la cantine du travail pour, le matin, prendre un petit déjeuner ensemble, ou le soir, pour boire des cafés avant de se quitter. Très souvent également, ils finissent la semaine au restaurant puis vont danser dans une discothèque.

Lili adore danser, elle passe des heures sur la piste tandis que ses amis lient connaissance avec d'autres filles et quand tel n'est pas le cas, ils jouent vraiment aux grands frères qui échaudent d'un regard noir les jeunes hommes qui s'approchent trop près de Lili.

Un samedi soir, après une autre sortie au restaurant, tous décident d'aller dans une nouvelle discothèque qui prévoit une fête « des îles ». Lili, comme à son habitude, s'est habillée, coiffée et maquillée avec soin et pour une fois, s'est vêtue d'une jupe à boutons, alors que d'habitude, pour pouvoir danser tranquillement, elle porte un pantalon.

L'ambiance est bonne dans la discothèque. Les rires fusent et la musique créole donne envie de se déhancher sans relâche. Il y a d'excellents danseurs parmi les copains de Lili et elle n'arrête de se trémousser que quand elle a soif. Là, tout le monde contrôle son verre au cas où, par mégarde, il y aurait de l'alcool dedans, car Lili ne supporte pas l'alcool.

La dernière fois qu'elle en a bu un peu – beaucoup –, du rhum avait été versé dans son café, et Lili a fini par grimper sur le bar du restaurant pour s'accrocher ensuite aux lourdes tentures des fenêtres qui jouxtaient ce dernier, tout en s'amusant à pousser le cri de Tarzan.

Il va de soi que plus personne de l'équipée

n'a remis les pieds dans cet établissement par la suite. Dommage, car on y mangeait de succulentes *Flammeküche[1]* !

Donc, nous sommes à cette fête des îles avec Lili. La soirée est bien avancée et tout d'un coup, une musique très spéciale lui fait tendre l'oreille. Le cœur battant, elle reconnaît, avec une pointe de nostalgie et de joie, les fameux battements endiablés des *to'eres*[2] tahitiens.

Et voilà Lili qui embarque tout le monde sur la piste, elle va leur montrer ce qu'est le *Tāmūrē* ! Elle va faire honneur à son père !

Sans réfléchir, elle se met à danser à la mode des hommes et entame les premiers pas du *pā'oti* qui consistent (comme vous le savez maintenant) à joindre les talons et à avancer en pliant les genoux dans de larges mouvements des cuisses en ciseaux.

Lili le fait si bien, qu'elle en oublie qu'elle porte une jupe à boutons, et dès les premiers pas du *pā'oti*, elle voit fuser devant son nez et voler au-dessus de la tête des danseurs une myriade de

---

1 Flammeküche : Tarte flambée alsacienne.
2 To'ere : Cylindres de bois creux frappés à l'aide de baguettes.

minuscules soucoupes noires... les boutons de sa jupe ! Bien évidemment, cette dernière n'étant plus ajustée par quoi que ce soit, tombe aux pieds de Lili qui se retrouve juste en chemisier, collant et chaussures en plein milieu de la piste.

Dans un premier temps, ses amis la regardent d'un air éberlué, puis tous font rempart de leur corps, dos à elle, pour empêcher d'autres personnes de profiter du spectacle. Ils enlèvent leurs vestes, leurs pulls et les tendent à Lili pour qu'elle s'en fasse une nouvelle jupe.

Lili est mortifiée, Lili ne sait plus où se mettre. Mais les rires et l'attitude chevaleresque des garçons la poussent à se gausser de sa propre bêtise.

Décidément, si papa la voyait en ce moment ! Et pourquoi a-t-elle choisi de porter cette stupide jupe ce soir ? Et qui a eu l'idée de passer un *Tāmūrē* ?

Lili prend vraiment conscience, et pour la première fois, qu'elle doit avoir un drôle d'ange gardien au-dessus de sa tête. Trop de coïncidences la mènent à cette pensée.

-12-
Les sans-abri, début de l'an 1995

Lili a vingt-trois ans

Nous sommes en février et Lili travaille toujours dans l'établissement pharmaceutique. Mais tout a changé depuis quelque temps. Surtout au niveau ambiance. Ses précieux collègues sont soit en couple et ne sortent plus, soit n'ont pas vu leur contrat renouvelé.

Cela arrive malheureusement.

Pour Lili, tel n'est pas le cas, car on vient de l'informer qu'elle signera un CDI pour juillet 1996, à la fin de son contrat à durée déterminée. C'est le Saint Graal. De plus, elle commence à former d'autres personnes au travail en bloc stérile et elle sera certainement amenée à manager des équipes de production.

Oui, mais Lili ne se sent pas bien moralement. Car si la réussite professionnelle est là, la joie d'avoir un chez-soi également... elle a le cafard. Elle se sent perdue.

En outre, elle sort d'une courte amourette qui lui a brisé une fois de plus le cœur. Décidément, le prince charmant ce n'est que du pipeau et il faut absolument arrêter de bassiner les fillettes avec ça !

Il y a autre chose. Lili revient d'une semaine de vacances en Bretagne. Juste sept misérables petits jours. Elle n'a pas eu le temps de faire tout ce qu'elle souhaitait et l'océan lui manque cruellement tout comme sa région maternelle.

Petit à petit, une voix se fait de plus en plus fortement entendre dans son esprit, une voix qui la pousse à faire un choix terrifiant. Mais de cela, vous en saurez plus dans un prochain chapitre.

À côté de ça, Lili ne sort presque plus, mais heureusement, elle a encore ses précieux amis de l'époque de la fin des cours : les deux Nicholas et Guillaume. Ils viennent souvent chez elle pour manger des pizzas et passer la soirée à jouer de la guitare. Et quand ils ne font pas ça, ils vont au cinéma.

Les discothèques... de moins en moins. Lili se demande si elle ne se fait pas un peu vieille... à vingt-trois ans et des patates.

Ce vendredi soir glacial de février, tous les quatre décident d'aller voir le film *Dracula* de Francis Ford Coppola. À ce qu'il paraît, il est génial, et Lili a vraiment hâte de le visionner. Ils arrivent pour la séance de 19 h et mangeront un hamburger-frites en sortant. Le cinéma et le resto rapide ne sont pas si éloignés l'un de l'autre, ils sont tous deux situés près de la grande place Kléber au centre de Strasbourg et la voiture est garée non loin de là.

Il y a beaucoup de monde dans la file d'attente du cinéma et les deux Nicholas, Guillaume et Lili discutent des extraits du film :

— J'adore définitivement cet acteur, Gary Oldman, s'écrit Lili, Coppola a très bien fait de le choisir pour le rôle du comte Vlad Dracul !

— Voilà la romantique qui parle, se moque gentiment le « petit » Nicholas qui fait une tête de moins que l'autre. Je suis plus attiré par Wynona Ryder en Mina.

— Je ne suis pas une romantique, grommelle Lili en avançant de dix centimètres dans la file.

— Que tu dis, se gausse le « grand » Nicholas qui, par mégarde, se fait écraser le pied par Lili.

— Oups, désolée ! grimace-t-elle en posant les doigts sur sa bouche avant de rire de son mauvais tour.

— À mon avis, tu ne perds rien pour attendre, jette à son tour le sage Guillaume.

Cette file n'avance pas d'un pâté ! se dit Lili qui commence à avoir peur de trouver guichet fermé pour la soirée.

Inquiétude qu'elle communique à haute voix dans la foulée :

— Vous allez voir, on va arriver devant la caisse et là, ils nous informeront que c'est complet !

— Lili la pessimiste est de retour, se moque gentiment le petit Nicholas. Zen, ma puce, on le verra ce film, sinon... autrement, il y a également *Arizona Dream* à l'affiche avec Johnny Depp...

— Bof, marmonne Lili, j'aime beaucoup l'acteur, mais les extraits du film ne me donnent pas vraiment envie de le visionner. On votera dans le cas où la séance pour Dracula est complète : soit on va voir *Arizona Dream*, soit on rentre chez moi pour se faire une soirée pizzas.

La question ne se posera pas : ils ont leurs places pour *Dracula*. Dès les premières minutes du film, Lili est totalement captivée. Il est tourné de manière sombre et romantique avec d'excellents effets spéciaux. Lili a dévoré plusieurs fois le roman de Bram Stoker, et retrouve la force de ses écrits dans les scènes qui défilent. De plus, Vlad Dracul, incarné par Gary Oldman, est d'un charisme absolu. Lili est envoûtée, à l'image de Mina. Elle comprend le vampire, l'homme damné, elle ressent sa peine infinie, son besoin de conquérir et faire sienne la femme qu'il croyait perdue à tout jamais, quitte à la vampiriser pour cela.

Le film se termine, tout le monde sort dans le froid en émettant des panaches de buée à chaque respiration. Les garçons commentent le film avec animation tandis que Lili serre plus étroitement autour d'elle son lourd manteau. Elle est présente physiquement, mais ses pensées sont toujours tournées vers Dracula. Comment peut-on aimer un monstre et être à ce point attirée par lui ?

Ils arrivent enfin sur la place Kléber au détour d'un angle de bâtiment, après quelques pas, ils passent devant deux personnes assises sur les premières marches d'une porte d'immeuble et continuent leur chemin.

Mais Lili se fige, son esprit sort des brumes sensuelles et mystérieuses nées du visionnage du film. Elle se retourne tout doucement et pose ses yeux gris bleu sur les deux sans domicile fixe.

Les pauvres. Ils sont emmitouflés dans de larges manteaux à capuche. Leurs mains gantées de laine tiennent de misérables gobelets blancs que l'on prend pour faire un pique-nique. Ils tremblent, ont l'air transi, et ont la tête baissée comme pour se prémunir de la froidure ambiante.

Non, Lili ne peut pas passer son chemin comme ça. Dans quelques minutes elle sera dans le resto rapide, bien au chaud, tandis que ces malheureux lutteront contre la faim et la térébrante basse température.

C'est hors de question !

— Lili, tu viens ? lance Guillaume qui s'est arrêté dans sa marche, à l'instar des deux Nicholas, et qui l'attend patiemment.

— Deux secondes, marmonne Lili en fouillant dans son sac à la recherche de son porte-monnaie.

Que c'est difficile de chercher quelque chose dans ce bric-à-brac ! Bien plus de deux secondes plus tard, Lili trouve enfin l'objet de toutes ses attentions, elle prend quelques pièces et s'avance résolument vers les deux personnes frigorifiées. Elle aurait pu leur donner davantage, un billet, si elle avait eu l'idée de tirer un peu plus d'argent au guichet. Mais Lili n'aime pas avoir trop de liquide sur elle.

Les malheureux parlent à voix très basse, leurs gobelets toujours secoués par leurs tremblements incoercibles et qui n'émettent aucun bruit de pièces qui s'entrechoquent. Décidément, les gens sont de plus en plus radins et indifférents à la misère des autres.

Dans la main de Lili, il y a environ quinze francs[1] en petite monnaie. C'est tellement peu, mais au moins pourront-ils s'acheter à manger ou une boisson chaude au resto rapide.

Les sans-abri ne font toujours pas attention à Lili qui est maintenant à proximité d'eux. Elle se penche et essaye de viser le gobelet tremblant de l'un d'eux, et lance toutes ses pièces dedans.

Quelle n'est pas sa surprise en entendant un son de « plouc plouc » lorsqu'elles arrivent toutes ensemble dans le récipient en plastique, et encore plus quand une gerbe de liquide clair fuse dudit

---

[1] Francs : C'était bien avant l'Euro.

objet en question.

Les deux sans-abri relèvent vivement la tête et la regardent avec de grands yeux ahuris, un peu à la manière de quelqu'un qui dévisagerait une folle. Le duo est constitué d'un homme et d'une femme et ils commencent à s'agiter sérieusement.

Lili est pétrifiée, un je ne sais quoi lui souffle qu'elle a fait une grosse bêtise.

Ce que viennent confirmer les paroles des deux personnes :

— Non, non ! Nous... touristes ! Pas pièces ! Nous Anglais... touristes !

OH-MY-GOD, gémit une voix dans la tête de Lili qui ne sait plus quoi faire ni quoi dire... à part peut-être faire amende honorable ?

— Oh... sorry, i'm so sorry... really... bredouille Lili en reculant tandis que les Anglais hochent vivement la tête en acceptant ses excuses et que derrière son dos retentissent les rires des garçons.

— Lili la cata a encore frappé ! s'égosille l'un d'entre eux entre deux éclats de rire.

Lili est bien trop mortifiée pour le rembarrer.

Décidément, même quand elle veut faire une bonne action, c'est toujours le pire du pire qui se produit.

Anglais... ben voyons, ce n'était pas écrit sur leur front ! Et de plus, qu'est-ce qu'ils font là, assis sous le porche d'un immeuble ? Ils sirotaient peut-être leur « tea » avec des petits fours, hein ?

En tous les cas, ils ne lui ont pas rendu ses quinze francs !

Ne vous arrêtez pas à la bêtise de Lili, n'hésitez pas à donner quelques pièces (en euro maintenant) aux malheureux. Tous les Anglais ne se déguisent pas en SDF pour piéger les bonnes âmes.

-13-
Nuit de terreur, fin de l'an 1995

Lili à la veille de ses vingt-quatre ans

Nous sommes le samedi 25 novembre 1995 et demain, dimanche 26, c'est l'anniversaire de Lili. Pour fêter dignement cet événement, la jeune femme quitte son appartement strasbourgeois pour rejoindre ses parents à Schillersdorf. Il lui faut quarante-cinq minutes de trajet et dehors il fait nuit noire, sans compter la présence d'un froid glacial pour ce deuxième mois d'automne.

De plus, il est très tard, car Lili a travaillé « d'après midi », et le temps de préparer ses affaires, 22 h 45 s'affichent sur le cadran lumineux de son réveil.

Mais rien ne fait peur à Lili et ce soir, elle décide de modifier son itinéraire qui consiste à prendre plutôt la voie rapide, de bifurquer ensuite sur les petits chemins de campagne, pour arriver à la maison bien avant minuit, et ce, en toute sécurité.

En cette heure avancée, il n'y a pas un chat sur les routes, et dans la voiture, Lili écoute les dernières nouveautés de *rave music*[1]. De l'extérieur, les pauvres animaux sauvages qui

---

1 Rave music (anglais) : musique rave (français), genre musical issu de la musique house.

peuplent les forêts que traverse le bolide de Lili doivent tendre l'oreille et s'enfuir au son d'un « boum boum » infernal. Au moins, il y a de l'animation.

Peu avant le péage de l'autoroute A35, Lili prend la sortie de Hochfelden en direction d'Alteckendorf, Ettendorf, Buswiller, Obermodern pour parvenir enfin à Schillersdorf[1]. Et c'est sur ce tronçon de routes sinueuses, délimitées par des arbres, et coupant des plaines vallonnées, que Lili va vivre la plus terrifiante nuit de sa vie.

Lili sait que le chemin qu'elle suit peut être dangereux, voire mortel, elle a déjà perdu des copains qui s'y sont tués en moto. Alors elle ne quitte pas le sillon blanc du bitume qui se dessine à la lueur des phares.

Cependant, l'horreur arrive de bien au-dessus de la route... elle se situe au niveau des nuages, que normalement, Lili ne devrait pas apercevoir, car il n'y a aucune lune !

Un coup d'œil vers un point mouvant dans les cieux, et Lili se met à trembler de la tête aux

---

1 Il y a tant de jolis noms de villages alsaciens qu'il aurait été dommage que je ne vous en fasse pas profiter.

pieds. La semelle de ses chaussures claque sur les pédales du changement de vitesse et de l'embrayage. La voilà catapultée en plein *X-Files*[2], mais sans l'aide des agents spéciaux du FBI, Scully et Mulder ! Car Lili se trouve presque nez à nez... avec un ovni !

Un cercle blanc se découpe sur les nuages, il bouge et se meut avec célérité. Il semble suivre le chemin qu'emprunte Lili. Par moment il disparaît, puis il réapparaît, très proche, de plus en plus menaçant. Les extraterrestres ont repéré Lili ! Ils existent et vont certainement la kidnapper pour la disséquer et l'analyser !

La jeune femme coupe la musique de ses doigts tremblants, essaye de se faire toute petite sur son siège conducteur, s'accroche ensuite à son volant tout en gardant le cap et en jetant de fréquents coups d'œil vers son ennemi qui est toujours là.

Entre deux souffles hachés, Lili marmonne :

— Les ovnis... n'existent pas... les extraterrestres... non plus...

---

2   *X-Files* : Aux frontières du réel est une série télévisée de science-fiction créée par Chris Carter.

Oui, mais s'ils n'existent pas, que peut bien être ce truc ? Le voilà qui se rapproche à nouveau de la voiture de Lili tandis qu'elle parvient enfin à Obermodern, dernier village avant Schillersdorf. Il ne lui reste qu'un peu plus de trois kilomètres et elle sera arrivée à la maison. Si les extraterrestres lui en laissent l'occasion.

Au stop en face de l'église éclairée d'un unique réverbère, Lili s'arrête, car une voiture vient de se garer juste derrière elle. Le cœur battant à toute allure, le souffle toujours précipité, elle ouvre sa portière à la volée et court vers le véhicule en faisant de grands gestes apeurés.

C'est un couple dans l'habitacle, et l'homme descend sa fenêtre pour parler à Lili :

— Que vous arrive-t-il ?

— Un ovni, là-haut, dans le ciel ! Aidez-moi, ils me poursuivent ! Prévenez les gendarmes... les... militaires... les...

Le rire de la femme sur le siège passager coupe les paroles affolées de Lili. Mais elle est folle, cette nana ? Lili les informe d'un danger imminent, et elle pouffe comme une oie ?

Le monsieur aussi rigole.

— Ce n'est pas un ovni, dit-il très sûr de lui.

— Ah... ah bon ? couine Lili en jetant un œil sur le cercle qui se dessine à nouveau au-dessus d'eux.

— C'est la nouvelle attraction du Krypton, la discothèque de Pfaffenhofen. Il s'agit de lasers dirigés vers le ciel pour attirer le plus de monde.

— Mais... mais... c'est un disque qui bouge, on ne voit pas les faisceaux des lasers...

— Je vous assure, jeune fille, ce n'est en rien un ovni. D'ailleurs, nous allons au Krypton, et je vous certifie que nous en parlerons au proprio. Non, mais, terroriser une pauvre femme comme ça !

Et le véhicule du couple s'en va, laissant Lili en plan au beau milieu de la route du village. Sans compter que le gars se gouaillait ouvertement d'elle, ses paroles étaient lourdes de moquerie, pour preuve : le son des rires du duo qui flotte encore dans l'air.

— Crotte ! jure Lili en maudissant l'ovni et en se maudissant elle-même d'avoir une imagination aussi galopante. Des lasers dans le ciel, ils ne savent vraiment plus quoi inventer ! grommelle-t-elle encore en remontant dans sa voiture et en reprenant la route.

De plus, Lili se sent prodigieusement ridicule. Heureusement pour elle, il n'y avait que deux personnes témoins de sa bêtise et elle ne les connaît pas.

Les derniers kilomètres se finissent dans un brouillard total dans l'esprit de Lili, elle ne sait même pas comment elle arrive devant la maison de ses parents, elle ne se souvient de rien.

La peur panique ne l'a pas complètement quittée, son cœur bat encore la chamade et elle a la bouche sèche. Et zut... il n'y a plus aucun lampadaire d'allumé dans le lotissement, ce que constate Lili en coupant les phares de la voiture et en se retrouvant dans le noir absolu. Même ce stupide cercle de lasers a disparu.

Lili ouvre la boîte à gants à la recherche d'une lampe de poche, et n'en trouvant pas, se décide à sortir. Punaise ! On n'y voit rien du tout ! Lili tâtonne pour insérer sa clef dans la serrure de la porte du véhicule avant de la verrouiller. Et là... une nouvelle panique la saisit : derrière elle, quelqu'un respire fortement en émettant de bas bruits de gorge suivis d'un long et profond râle.

Lili se pétrifie, son souffle se bloque tandis que son cœur tressaute douloureusement dans sa poitrine, avant de repartir au galop, mais les battements sont irréguliers et Lili sent la crise cardiaque arriver. D'ici peu, elle va s'écrouler au sol, morte de peur, si le monstre qui se tient dans son dos ne la tue pas avant.

Allez, courage, bouge de là, va vers le garage, l'encourage une voix dans sa tête.

Elle en a de bien bonnes cette voix ! Comment peut-on se diriger dans ce noir opaque et comment bouger alors que tous les muscles du corps sont tétanisés ?

Un autre râle guttural, un second souffle puissant, et l'adrénaline, déjà bien présente dans les veines de Lili, monte à nouveau, la poussant à prendre ses jambes tremblantes à son cou. Elle connaît le chemin, elle l'a fait des milliers de fois, et émet un petit cri de délivrance en posant la main sur la poignée de la porte du garage... qui s'ouvre sur la lumière et sur Marie-Jo.

Dieu soit loué ! Maman est venue la sauver !

Lili tombe littéralement dans ses bras :

— Vite, ferme, il y a un monstre derrière moi.

Marie-Jo ne se pose pas de question et donne un tour de clef dans la serrure avant de soutenir Lili qui ne tient pas debout. Elle est blanche, respire laborieusement et Marie-Jo s'inquiète. Quelque chose de terrible vient d'arriver à sa fille.

— Montons à la cuisine, je vais te préparer un lait chaud.

— Pour le coup, je préférerais un bon whisky ! réussit à marmonner Lili qui claque maintenant des dents et gravit difficilement l'escalier menant de la cave au premier étage.

— Ne raconte pas de bêtises, tu ne supportes pas l'alcool.

— Je t'assure que dorénavant, plus rien ne peut m'atteindre.

Une fois dans la cuisine, Marie-Jo enjoint à Lili de tout lui narrer. Quelqu'un a terrifié sa fille chérie, et il ne restera pas impuni. De son côté, papa dit qu'il va appeler ses amis de la gendarmerie de Bouxwiller.

Alors Lili leur raconte son voyage, l'ovni, le couple qui s'est moqué d'elle. D'accord, elle a pris des lasers de discothèque pour un ovni... mais il y a pire : dehors, un monstre rôde. Un monstre qui respire bruyamment en émettant des râles d'outre-tombe.

Marie-Jo et Albert s'assoient lourdement de concert en dévisageant Lili avec des yeux larmoyants... de rire. Les voilà qui se gaussent ouvertement eux aussi ! Lili en est très peinée, elle a la main sur son cœur meurtri, pas tout à fait remis de sa terreur nocturne.

— Mais enfin, je vous annonce qu'il y a certainement un assassin dehors et vous riez ?

— Oh ma Lili... ma chère et précieuse Lili... s'esclaffe papa. Dis-lui Jo... moi... je ne peux... pas...

Et pour cause, Albert s'étouffe de rire !

— Ce que ton père essaye de te raconter... c'est que... ce que tu as pris pour un monstre... n'est rien d'autre qu'un cerf.

— Un... quoi ? bafouille Lili en écarquillant les yeux.

— Le cerf du voisin, lance Albert qui a retrouvé son souffle, mais qui sourit encore jusqu'aux oreilles. Nous sommes en pleine période du « brame », et ce que tu as entendu n'est que le grondement d'un mâle en rut.

Et les voilà qui rient de plus belle !

Quel imbécile ce voisin, d'avoir hébergé des cervidés chez lui, sans avoir prévenu Lili au préalable ! Après l'histoire de l'ovni, il était inévitable qu'elle croie avoir affaire à un monstre et non à... un cerf en manque d'amour !

— J'ai bien failli mourir ! boude Lili en sirotant son lait chaud.

— Oui, nous l'avons bien vu, lance maman en affichant un doux sourire maternel, avant de s'esclaffer derechef.

— Bon ça va ! Je ne pouvais pas savoir !

Et les éclats de rire envahissent à nouveau la cuisine où Lili finit par pouffer également.

Bien entendu, cette histoire d'ovni et de monstre fit le tour de la famille, et Lili sut avec certitude qu'elle resterait dans les anales *ad vitam æternam*.

-14-
Des courses en amoureux, fin de l'an 1996

Lili a fêté ses vingt-cinq ans

Nous sommes à la mi-décembre, dans quelques jours, ce sera Noël. Et vous savez quoi ? Lili le passera en Bretagne !

Avant d'en venir à cette histoire-là, remontons un peu dans le temps. Souvenez-vous, au début du chapitre onze, la jeune femme était malheureuse malgré le fait que tout lui réussissait au niveau professionnel et vie privée. Quand bien même elle était célibataire, car on peut très bien vivre sans un conjoint !

Dans son esprit, un besoin impérieux s'était imposé de plus en plus fortement et la terrifiait, car, si elle écoutait cette voix de sirène, ne risquait-elle pas de tout perdre ? Cette voix lui soufflait simplement : plaque tout et retourne chez toi, au bord de la mer.

Lili avait travaillé durement pour obtenir son poste, on lui proposait un contrat à durée indéterminée, elle logeait dans un appartement dont elle était propriétaire, avait sa nouvelle voiture, un bon salaire... Tout plaquer revenait à dire tout recommencer à zéro avec mille incertitudes à la clef.

Cette voix se fit plus forte de jour en jour et Lili, malgré sa peur, refusa de signer son CDI, termina ses jours en août dans l'établissement pharmaceutique, s'inscrivit à l'ANPE, et mit en vente son appartement.

Le plus dur fut d'annoncer son départ d'Alsace à ses parents. Maman la comprit très bien, mais crut qu'il était arrivé quelque chose de grave à Lili qui la rassura avec ces quelques mots simples :

— Je vous ai toujours dit que je retournerais un jour en Bretagne et le moment est venu.

Le plus difficile fut en ce qui concernait papa. Lui ne voulut rien savoir. À ses yeux, Lili commettait les pires bêtises de sa vie en quittant son travail et en laissant tout tomber. Quelle mouche l'avait piquée ?

— De nos jours, avait-il grondé, avoir une place en or comme la tienne, bon sang ! Cela ne court pas les rues ! Et que vas-tu faire ? Où vas-tu vivre en Bretagne ? Avec quoi, quel salaire ? Et tu dois encore rembourser tes prêts pour l'appartement et la voiture...

Comme si Lili n'avait pas su tout ça. C'était

ce pour quoi, même si elle avait arrêté sa décision, tout la terrifiait.

Mais elle avait une force en elle. Cette « *voix* » qui la guidait lui disait que tout se passerait bien, et Lili ne pouvait plus l'ignorer.

Un matin d'octobre 1996, à 5 h tapantes, Lili quitta la maison de ses parents dans sa voiture bourrée de cartons, cap sur Brest et la demeure d'un frère de Marie-José qui voulait bien l'accueillir chez lui, juste le temps qu'elle trouve un travail. Heureusement, la famille du côté de maman était assez grande, et tous vivaient encore en Bretagne. Et puis Lili adorait son *tonton nounours* comme elle l'appelait fillette.

La jeune femme s'installa donc dans la petite ville de Plouzané, se leva aux aurores et rentra tard le soir, remplissant ses journées à chercher du boulot. Elle ne s'arrêtait que le dimanche et passait alors son temps à longer les côtes d'Iroise dans sa voiture ou à marcher le long des plages en gonflant ses poumons de l'air iodé.

C'étaient des moments magiques, intenses, uniques. Lili avait l'impression d'être une fleur qui s'épanouissait enfin totalement et la voix dans sa tête s'était tue. Lili était réellement de retour chez elle.

Un mois après, en novembre, juste avant son anniversaire, elle trouva du travail dans une entreprise de cosmétiques à base d'algues et Albert cessa de l'appeler tous les jours en lui disant : « Tu rentres ? ». Invariablement, quand Lili répondait non, il lui raccrochait au nez. Que c'était dur pour elle. Mais le jour où elle décrocha ce contrat et l'annonça au téléphone à son père, il lui murmura les mots qu'elle attendait tant : « Je suis si fier de toi ».

Dans le même temps, Lili avait retrouvé ses cousins, dont un qui bossait comme barman dans une discothèque. Un jour, il lui proposa de venir boire un verre en ville pour fêter dignement les vingt-cinq ans de Lili et l'informa qu'il lui présenterait des amis. Super ! Lili avait bougrement besoin de sortir après les fortes émotions des mois écoulés.

C'est ainsi qu'elle alla tranquillement au rendez-vous rue Jean Jaurès, tout heureuse à l'idée de passer une bonne soirée. Ce que Lili ne savait pas alors, était que son ange gardien farfelu et le copain Cupidon l'attendaient au détour du chemin.

Les coups de foudre, vous y croyez ? Lili n'y croyait plus, elle. Pourtant, cela lui est arrivé. Plutôt... tombé dessus, car Cupidon n'avait certainement plus de flèches à disposition et a pris ce qui lui venait sous la main : une enclume ? Lili a été assommée, littéralement. Elle a croisé le chemin d'un beau brun aux yeux sombres et le monde s'est mis à tourner au ralenti. Il n'y avait plus qu'eux. Le cœur de Lili s'était mis à battre la chamade, elle avait le souffle court. Elle ne voyait plus que *lui*. Cela aurait pu s'arrêter là, sur un regard échangé et une courbe du temps figée. Mais non, le destin en avait décidé différemment.

Le beau brun se tenait devant un distributeur d'argent et Lili entra dans le bar où elle avait rendez-vous, certaine de ne plus jamais le revoir. Là, son cousin Ricky et un de ses amis l'informèrent qu'ils attendaient une autre personne avant d'aller manger. Et qui était cette personne ? Je vous le donne en mille : le beau brun !

Erwan...

Oh oui, les coups de foudre existent, et Lili comme Erwan l'ont vécu. De ce jour, d'amis, puis en couple, ils ne se sont plus jamais quittés. En décembre, Lili s'est même installée à Brest dans le coquet appartement d'Erwan. La vie est magnifique et la jeune femme se fait un devoir de cuisiner de bons petits plats à son âme sœur.

C'est ainsi que nous revenons à cette mi-décembre de début de chapitre. Il y a des courses à faire pour Noël, et les parents d'Erwan viendront chez le couple, tout comme ceux de Lili qui sont en train de vendre la maison pour déménager également en Bretagne. Albert est enfin en retraite, tout est désormais possible.

Tout était écrit, et Lili a bien fait d'écouter la voix qui la poussait à partir, car, autrement, jamais elle n'aurait rencontré Erwan, et ses parents seraient restés en Alsace.

Le couple de tourtereaux a déjà fait le plus gros des courses, mais Lili a oublié des articles importants, comme ceux qui concernent la décoration du sapin ou encore les toasts pour le foie gras. Ah oui, les huîtres également, car son futur beau-papa les adore, donc, il ne faut surtout pas les omettre !

— On prend un caddie ? propose Erwan avec son magnifique sourire.

— Mais non, pas besoin, répond Lili en lui faisant un rapide bisou sur les lèvres.

— Hum... je n'en suis pas aussi sûr que toi, la taquine Erwan qui sait bien qu'ils ressortiront du magasin avec une tonne de sacs et les bras en compote du poids des victuailles.

Il la connaît bien sa Lili.

Mais pour l'instant, il la laisse parler de tout et de rien en lui tenant la main amoureusement et en la lâchant quand elle bifurque vers un rayon... qui ne contient aucun article de leur liste de courses. Lili revient avec un objet inutile de plus qu'elle ajoute aux autres dans le sac, continue de papoter, lui enlace les doigts, se serre contre lui et Erwan adore ça. Mais à un moment, tout change...

Cela se passe dans la grande allée centrale de l'hypermarché. Il y a un monde fou, et c'est bien normal, puisque nous sommes à quelques jours de Noël. Erwan a saisi le sac qui commence à se faire lourd pour Lili qui vient une nouvelle fois de partir dans un autre rayon.

Elle revient sur ses pas, reprend la main d'Erwan, et comme à son habitude, parle comme un moulin à paroles :

— Nous devrions cuisiner la dinde avec des marrons et du cognac. Oh, regarde les belles guirlandes ! Tiens, un Père Noël à accrocher sur le balcon, ce serait rigolo, non ? Oh ! Les huîtres, il ne faut surtout pas les oublier ! Mince, je crois que l'on a passé le rayon des serviettes en papier...

Et patati et patata, cela fait bien dix minutes que Lili discute en enlaçant les doigts d'Erwan avec les siens, mais son silence l'interpelle et la jeune femme lève les yeux vers le visage de son amoureux.

Seulement... ce n'est pas lui !

À la place du beau brun ténébreux qui a kidnappé son cœur se tient un inconnu qui se met à rire devant l'air éberlué de Lili. Mais... où est Erwan ?

Lili se retourne et le voit, il est à quelques mètres en arrière d'eux et lui aussi est mort de rire.

Comment a-t-il pu la laisser croire que c'était sa main qu'elle avait dans la sienne ? Et depuis combien de temps Lili bassine-t-elle le pauvre homme – qui a très bien joué le jeu, soit dit en passant – avec son monologue ?

— Pardon monsieur, euh... je ne savais pas que... oh... zut... bafouille Lili les joues rouges et la tête basse en revenant vers Erwan et en lui faisant la grimace.

— Ça va, tu as bien ri ? marmonne-t-elle.

— Oui ! s'esclaffe Erwan en serrant sa Lili sur son cœur.

En tous les cas, le reste des courses s'est passé plutôt rapidement, Lili a été d'un calme olympien et Erwan n'est pas ressorti du magasin avec une tonne de sacs sur les bras. En fait, pour une fois, Lili a eu raison, le caddie ne fut d'aucune utilité... grâce à ses bêtises, ou à son étourderie ?

-15-
Le tracteur-tondeuse, l'an 1999

Lili a vingt-huit ans

Nous sommes en août 1999, Lili est mariée depuis un peu plus d'un an avec Erwan. Elle a eu des noces de princesse dans une robe digne de Sissi Impératrice. Erwan l'a définitivement réconciliée avec le romantisme et Lili souhaite à toutes les femmes de connaître le même bonheur qu'elle.

Bien sûr, le mariage à l'église ne s'est pas passé sans heurts, mais ces derniers étaient vraiment mineurs, comme de se prendre les pieds dans le bas de son volumineux jupon en montant les marches menant à la nef, ou de rabaisser son voile après le baiser des nouveaux mariés.

Ben quoi, Lili ne savait pas qu'il ne fallait pas le faire ! Après tout, elle ne s'est mariée qu'une fois, et c'est la bonne. Alors, pour que les futures épousées ne fassent pas la même bourde qu'elle, il faut apprendre que quand le mari lève le voile après les « oui, je le veux », il ne faut plus le toucher et le laisser derrière la tête. Lili, elle, l'a replacé devant son visage et a fait rire l'assemblée réunie, composée des familles et des amis.

Une de ses cousines lui a même dit que le

mariage commençait bien, son geste signifiait presque : pour la suite, tintin ! Et une de ses tantes l'a consolée du mauvais temps de ce jour de fête en lui citant un dicton : « Mariage pluvieux, mariage heureux ». Cette dernière avait raison. Lili est follement, merveilleusement, heureuse.

De plus, très bientôt, un petit bout viendra agrandir la famille. Lili et Erwan attendent un bébé pour janvier 2000 et c'est une fille d'après la récente échographie. Donc, repos, pas bouger, sage.

Évidemment que Lili peut être sage !

Un week-end de ce mois d'août, Lili et Erwan partent pour les Côtes-d'Armor, près de Saint-Brieuc. Ils se rendent chez les beaux-parents de la jeune femme qui habitent une grande propriété. La longère bretonne est cernée d'arbres fruitiers et de prairies qu'il faut tondre de toute urgence. Mais il n'y a pas que l'herbe à couper, il faut également s'occuper des jardins, des arbres, du vieux lavoir plus que centenaire dont l'eau ne s'écoule plus correctement à cause de la vase et des nombreuses mousses. Comme il y a beaucoup de superficies à travailler, les parents d'Erwan ont acheté un tracteur-tondeuse et, manipuler cet engin entre dans les capacités de Lili. Après tout, elle connaît bien les tracteurs, et celui-là, elle ne le mènera pas vers une fosse à purin... puisqu'il n'y en a pas sur le domaine. De plus, Lili n'est pas malade, juste enceinte, elle veut aider !

— Je peux le conduire ! s'exclame Lili qui en meurt d'envie alors qu'Erwan et ses parents se distribuent les tâches.

Beau-papa — qui se prénomme Ludovic — et Erwan font la grimace. Il n'y a aucune difficulté à conduire l'engin agricole, mais peut-on réellement faire confiance à Lili ? Ils ont eu le temps de comprendre que c'est une miss gaffette en puissance.

— Allez, s'il vous plaît, insiste Lili avec les yeux du Chat Potté. Vous m'expliquerez ce que je dois faire, et tout se passera bien.

Après quelques instants de réflexion et de nombreux regards incertains échangés, beau-papa et Erwan hochent affirmativement la tête, et Lili exulte comme une fillette de cinq ans. Elle a gagné la partie.

— D'accord, mais seulement le pré aux

pommiers, accorde Ludovic. Celui qui est en terrain plat et tu conduis doucement le tracteur en lignes droites, aller et retour. Pour le pied des arbres, nous passerons le rotofil plus tard.

— Ça marche ! lance Lili avec un grand sourire et les yeux lumineux.

Sa bonne humeur est contagieuse et rassure tout le monde. Après tout, il ne peut rien lui arriver dans le pré, et le tracteur a une sécurité : si le conducteur se lève de son siège, le moteur s'éteint.

— Erwan va t'expliquer quoi faire, ajoute encore Ludovic avant de partir rejoindre sa femme, Danielle, qui s'attelle déjà à la pénible tâche d'enlever les mauvaises herbes du jardin.

Lili descend donc au pré du bas de la propriété. Elle marche tranquillement et bientôt, Erwan la dépasse au volant du petit tracteur bleu. Il lui lance un beau sourire et se positionne à l'orée de la prairie.

Lili écarquille les yeux à la vue des hautes herbes. Bon sang ! Il y a vraiment un monstrueux boulot à accomplir ici. De plus, il y a plusieurs longues lignes de pommiers assez espacés les uns des autres qui vont compliquer le travail de Lili.

— Tu longes les arbres sur toute la longueur, ce sera facile, mon cœur, l'informe Erwan qui se doute des pensées de Lili et veut la rassurer.

Il la connaît si bien.

— OK chef, s'amuse Lili en s'installant sur le siège de l'engin à l'arrêt.

— Pour allumer, tu tournes simplement la clef, l'informe Erwan en tendant la main vers une manette. Là, je règle la hauteur de la coupe. Je viendrai vider le bac à gazon dès qu'il sera plein. Maintenant... c'est à toi de jouer, ma puce. Et ne te fatigue pas, lance-t-il encore en montant sur le marchepied pour l'embrasser.

L'instant d'après, il s'en va en direction du vieux lavoir.

— Alors, allumer le moteur... chek. Pour aller de l'avant, mettre une vitesse et appuyer sur la pédale d'accélérateur... chek. La pédale de frein... chek, ça fonctionne.

Ce n'est vraiment pas si compliqué, c'est comme de conduire une voiture, se dit intérieurement Lili en avançant bien droit et en longeant la première ligne de pommiers.

Au bout d'un interminable moment, à respecter scrupuleusement toutes les consignes, à ne pas rouler vite, à attendre sagement que l'on vienne vider bac après bac, Lili commence à s'ennuyer sérieusement. Elle pensait que ce serait bien plus amusant que ça de tondre l'herbe avec un tracteur... ben non, c'est prodigieusement soporifique.

Heureusement, les pommiers lui procurent toute l'ombre dont elle a besoin par cette chaude journée d'août et Erwan lui a donné une bouteille d'eau.

Enfin, il ne lui reste plus qu'un retour à faire, et sa tâche sera accomplie. Mais soudain, un obstacle se dessine à l'horizon : une grosse branche tombée d'un arbre fruitier est pile-poil sur son trajet.

Lili freine doucement, se met à l'arrêt en laissant tourner le moteur, et se lève de son siège pour mieux se rendre compte de la taille dudit obstacle. Bien sûr... le moteur s'éteint.

— La sécurité, marmonne Lili.

Ce n'est pas bien grave. Après tout, la jeune femme sait comment remettre en fonction le tracteur, et puis il faut bien dégager la route et enlever la branche. C'est chose faite en quelques minutes.

Lili remonte à bord, démarre d'un bon tour de clef, et... ah oui, replace la manette de hauteur de coupe comme Erwan l'a fait quelques heures auparavant. Il ne lui en a pas parlé, mais cela semble logique. Pour ne pas faire de bêtises, Lili préfère reproduire tous les gestes de son homme adoré.

La voilà en route pour la dernière ligne droite. Mais soudain, Lili a envie de se divertir, après tout, elle a fini son travail et tout s'est très bien passé. Alors, en riant, elle accélère un peu et se met à zigzaguer dans le pré. Elle roule entre deux arbres espacés, s'amuse à conduire en rond, fonce sur une autre ligne d'arbres, mais dans le sens de la largeur et non plus dans celui de la longueur.

Lili s'amuse prodigieusement, jusqu'à ce qu'elle perçoive un long cri typiquement masculin... celui de beau-papa.

Lili freine, coupe le moteur, et se tourne vers ce dernier qui se tient à quelques mètres d'elle, les mains posées sur la tête et dardant le pré d'un air totalement ébahi.

Pourquoi fait-il cette figure ?

Erwan arrive à son tour en courant, d'après son visage, il a eu peur pour Lili. Il s'arrête aux côtés de son père, écarquille également les yeux en regardant le pré, puis fixe son attention sur Lili.

Petit à petit, il sourit, puis se met à rire à gorge déployée... mais pas Ludovic. Mais à la fin, que se passe-t-il ?

Lili descend du tracteur et s'avance vers les deux hommes d'une démarche peu assurée. Elle a la dérangeante impression d'avoir fait une gaffe. Mais laquelle ?

— Quelque chose ne va pas ? s'enquit-elle tout doucement en direction de Ludovic, car Erwan rit trop pour pouvoir lui répondre.

— Si... quelque... chose... ne va pas ? répète beau-papa en bafouillant. Mais regarde le pré, nom de nom ! explose-t-il enfin.

Ouh là là. C'est bien la première fois que Lili voit Ludovic dans cet état, et Erwan ne l'aide pas à rigoler comme il fait, il en devient presque agaçant. Lili se retourne doucement et pose les yeux sur le drôle de paysage qui s'étend devant elle.

— Ohhhh... souffle-t-elle en mettant la main sur la bouche.

— Oui... Oh ! Heureusement, ça va repousser ! lance Ludovic sur le visage duquel commence à se dessiner un rassurant sourire.

— C'est ce que l'on appelle : faire une belle coupe bidasse ! rit encore Erwan.

C'est bien ça. Lili ne sait comment cela s'est produit, mais partout où elle a roulé en faisant son clown au volant du tracteur, il n'y a plus de gazon, juste une sorte de chemin de terre sombre partant en zigzags et en ronds autour des pommiers. Il n'y a plus un poil d'herbe, tout a été coupé à ras. Et le sentier farfelu tranche sur la somptueuse verdure ambiante. Pour sûr, ce n'est pas très "artistique" et Lili comprend mieux l'effroi de beau-papa. Elle lui doit des excuses :

— Je suis vraiment désolée, mais je ne sais pas du tout comment c'est arrivé. Regardez, la tonte du reste du pré est impeccable. Tout change à partir de l'endroit où il y avait cette maudite branche morte !

Voilà, c'était la faute de la branche !

— Que veux-tu dire ? demande Erwan en la prenant dans ses bras.

Lili lui explique alors la scène « de la branche » et comment elle s'est ensuite évertuée à reproduire les mêmes gestes que lui avant de continuer sa route.

— Tu n'aurais pas dû toucher à la manette du réglage de coupe. Du coup, tu as dû la pousser au plus bas. C'est pour cela qu'il n'y a plus d'herbe dans ton dernier... sillage, termine Erwan en riant derechef.

La manette... cette stupide manette ! Tout n'était donc pas « *que* » de la faute de Lili ? Enfin, personne ne lui avait demandé de rouler n'importe comment.

C'était la deuxième fois que Lili avait des déboires avec un tracteur, et cela ne se reproduirait pas de sitôt. Car depuis cette dernière aventure rocambolesque, Lili n'a plus jamais eu le droit de conduire l'engin, ni celui qui lui a succédé. Et bien sûr, l'histoire est très souvent narrée lors des repas de famille.

Foutue manette !

-16-
Journée catastrophes, l'an 2008

Lili a trente-sept ans

Nous sommes en fin d'année 2008. Lili est maintenant l'heureuse maman de deux petites filles, Énora, huit ans, et Sacha, six ans. Erwan et la jeune femme sont comblés, la vie à quatre est merveilleuse. Mis à part les nombreuses hospitalisations de leur aînée, tout serait vraiment parfait.

Oui, Énora fait de l'asthme depuis ses un an. Tout est dû à une très forte allergie aux acariens et les crises sont fréquentes, Lili a donc mis son travail entre parenthèses et reste à la maison à s'occuper de son foyer et des soins à prodiguer à sa grande puce.

De nos jours, les femmes veulent exercer une carrière – ce qui est une excellente chose –, confient leurs enfants à des nourrices, et souvent, Lili comme « mère au foyer », est mise de côté lors des discussions entre dames à la sortie de l'école, elles sont infirmières, coiffeuses, etc. Comme si c'était une tare de ne pas avoir de vie professionnelle. On dirait que les mères au foyer portent l'étiquette de « fainéante » ou de « bobonne ». Des fois, on n'a pas le choix. Si être maman était considéré comme un métier aux yeux de la loi, les femmes seraient payées pour du 24 h sur 24. Car il n'y a aucun moment de relâche, et très peu de temps pour être juste soi-même. Une chanson que Lili adore veut tout dire : *Cadeau*, de Marie Laforêt.

Bien sûr, Lili souffre de ne pas avoir de vie sociale, elle qui a toujours été habituée à travailler, même lors de ses vacances scolaires quand elle était ado. Mais elle aime ses enfants plus que tout et fait passer ses propres besoins après eux.

Un jour, elle s'inscrit sur un forum de poètes, et par le biais d'internet, elle « rencontre » des gens. Que ça fait du bien, et Lili se remet à une de ses passions : l'écriture. Tout commence par des poèmes, et bientôt, des nouvelles. Les échanges sur la toile sont comme une fenêtre ouverte sur l'extérieur. C'est si bon.

À côté de ça, la vie continue. Comme les journées catastrophes... Lili a donné un nom à ces jours où toutes les gaffes, bêtises et désastres qu'elle n'a pas commis depuis longtemps, se regroupent en une seule fois. Comme de jeter les clefs de la voiture dans une poubelle de la ville, volumineuse et vide, en voulant y mettre son mouchoir sale. Bien sûr, tout tourne au ridicule quand il faut grimper dans la benne, en jupe et talons hauts, pour chercher les maudites clefs, sans compter le regard goguenard des passants... et les odeurs.

L'histoire qui suit est un exemple à elle toute seule de ce qu'est une « journée catastrophe » :

Tout commence un mardi matin de fin novembre 2008. Il est 7 h 30, l'heure de réveiller les princesses pour aller à l'école. Comme d'habitude, tout est prêt dans la cuisine pour le petit déjeuner, les tartines sont croustillantes et le chocolat chaud et onctueux n'attend plus que d'être dégusté. Dans l'air flotte une douce odeur sucrée et vanillée.

Lili commence par éveiller Énora en la câlinant, car elle se lève en général plus rapidement, et avec moins de difficultés, que sa petite sœur. Arrive le tour de Sacha qui, comme à son habitude, est cachée sous la couette. Lili se demande souvent comment elle peut respirer là-dessous.

La jeune femme s'assoit au bord du lit, dégage doucement le visage de Sacha du tissu et se penche sur elle pour lui faire un gros bisou sur ses belles joues rondes. Mais pour une fois, Sacha est réveillée, et au même moment, elle lève brusquement la tête.

Le choc est rude, Lili a nettement entendu le craquement de son nez ! De plus, ce dernier enfle d'un coup avant qu'un liquide noir et épais ne jaillisse sur ses mains. La douleur est térébrante et Lili court dans la salle de bains pour ne pas affoler Sacha qui ne comprend pas ce qu'il se passe.

— Maman ? appelle sa petite voix inquiète.

Lili serre les dents et fait ruisseler de l'eau froide sur son visage. Le sang ne coule plus, mais elle a affreusement mal. Bon... le nez ne semble pas cassé, il est bien droit. Il faut absolument donner le change pour ne pas faire peur aux filles.

— Tout va bien, mes chéries, filez aux toilettes, lavez-vous les mains, et après on prendra le petit déjeuner.

Lili a une forte sensation de brûlure dans le nez et sans compter cela, elle a l'impression de renifler du poivre à chaque fois que l'air passe dans ses narines. Du coup, elle respire par la bouche, mais ce n'est pas aussi évident que cela.

Arrive le moment de partir, les filles sont propres, bien coiffées avec leurs sempiternelles couettes et Lili leur donne leurs manteaux chauds, des bonnets comme des gants.

Zou, tout le monde sort et monte dans la vieille Peugeot 205, aussi vieille que Mathusalem[1]. Il est temps de changer de voiture et d'en acheter une neuve. C'est d'ailleurs sur la liste des priorités.

Le trajet jusqu'à l'école se passe bien, tout comme la séparation d'avec les filles devant les grilles de la cour de récréation. Là où les choses se gâtent à nouveau, c'est quand Lili remonte en voiture, met le contact et braque pour sortir de sa place de parking. Elle ne sait toujours pas comment cela s'est produit, mais le volant a brusquement bougé tout seul et Lili se luxe le petit doigt dans le mouvement. Re douleur et main handicapée...

Là encore, Lili serre les dents et se promet d'aller chez le médecin dans la journée. Mais pas maintenant, car il y a les grosses courses à faire, et

---

[1] Mathusalem : Personnage célèbre parce qu'il est le plus âgé mentionné dans l'Ancien Testament. D'où l'expression « vieux comme Mathusalem ».

on est mardi, le jour des promotions avec la carte du magasin. Lili se rend donc à l'hypermarché « Trucmuche » du coin et se gare dans le sous-sol.

Deux heures plus tard, elle ressort avec son caddie chargé à bloc en pestant contre ces foutus engins qui ne roulent jamais droit, qui ont toujours une roue ou deux de bloquées, et contre ces dames âgées qui se regroupent au milieu des rayons pour se raconter tous les malheurs de la terre. C'est pénible ça ! Lili a dû slalomer comme une malade pour les éviter, et bien sûr, ces mamies sont certainement aveugles et ne l'ont pas vue, donc... ne se sont pas décalées d'un pouce !

Pousser un caddie avec une main handicapée est une horreur, tout comme la climatisation qui ravive la douleur dans le nez. Enfin, voilà la voiture ! Il ne reste plus qu'à décharger les sacs du caddie pour les placer dans le coffre. L'heure tourne, il n'y a plus beaucoup de temps pour rentrer, manipuler encore une fois les sacs, les vider, et faire à manger avant de chercher les puces à l'école. La vie d'une mère au foyer est vraiment palpitante.

Lili s'installe au volant en poussant un gros

soupir, met la clef dans le contact et la tourne... mais le moteur ne démarre pas. Il y a un « clic » à chaque essai, mais c'est tout. La batterie est morte.

— Non, mais non ! peste Lili en posant son front sur le volant.

Comment faire maintenant ? Sans compter qu'Erwan est en déplacement à l'autre bout de la France, personne ne peut venir à son secours. Et les filles qui ne vont pas tarder à sortir de l'école !

Soudain, un véhicule avec un couple de personnes âgées se gare près de la voiture de Lili, et là, c'est comme un rayon de soleil qui perce les nuages gris. C'est bien connu, les anciens ont toujours un kit de dépannage dans leur coffre, et des câbles pour recharger une batterie ! De plus, tout le monde sait à quel point les personnes âgées sont aimables et complaisantes. Lili est certaine qu'ils vont lui prêter assistance.

La mamie est déjà partie chercher un caddie et Lili s'approche du papi :

— Excusez-moi, monsieur, auriez-vous par hasard des câbles pour recharger ma batterie, et pourriez-vous m'aider ?

Le petit père sourit et acquiesce gentiment. Il semble tout heureux d'être utile à une jeune femme dans le malheur. Bingo ! Lili a raison. Sauf sur un point...

Dans son dos, elle entend soudain des cris. C'est la mamie qui a laissé en plan son caddie vide et qui court vers Lili en brandissant son sac à main en guise d'arme. Elle hurle :

— Touchez pas à mon mari, vilaine, c'est un vieux monsieur !

Croyez-le ou non, mais Lili a vraiment dû prendre ses jambes à son cou pour fuir la furie, car il est certain que cette dernière l'aurait assommée à coups de sac. Et Dieu sait ce qu'il pouvait bien renfermer... des galets peut-être ?

Mais qu'a pu penser cette harpie ? Que Lili allait violer son mari ? Qu'elle était en train de l'agresser ? Ben non, tous les anciens ne sont pas aimables et conciliants. Méfiez-vous des vieilles dames aux cheveux gris et bouclés avec des sacs à main assez grands pour contenir des pierres. Conseil de Lili.

Quelques minutes plus tard, Lili demande de l'aide à l'accueil de l'hypermarché. Ils sont charmants à cet endroit... autant que la vieille bique.

— Allez donc au magasin « Auto A Tout » qui se trouve à l'extérieur, vous pourrez y acheter une batterie.

L'hôtesse affiche clairement un air de « je n'en ai rien à battre de vos soucis ». Merci bien. Lili se rend donc au magasin, et ce, en courant sous la pluie, car maintenant, le temps presse, il y a urgence. Les filles vont sortir de classe, et les produits frais et surgelés dans les sacs vont prendre un coup de chaud.

Acheter une batterie ne pose pas de problème grâce à un vendeur, et lui est un ange, il propose d'emmener Lili au parking dans la voiture du magasin et de lui installer la batterie. Seigneur, il y a encore quelques personnes bien sur cette terre.

Le moteur démarre enfin et Lili veut donner un pourboire au jeune homme. Ce dernier le refuse avec un charmant sourire et lui souhaite bonne chance pour le reste de la journée. Oh oui, Lili en a bien besoin, car son ange gardien a certainement décidé de prendre un jour de congé.

Les filles sont récupérées pile à l'heure et aujourd'hui, c'est la fête, car maman n'a pas eu le temps de faire à manger et que les puces vont se régaler de sandwichs et de chips. Ce n'est pas que Lili cuisine mal, mais les légumes... beurk quoi ! Autant pour les bons petits plats que Lili s'échine à mijoter tous les jours.

D'ailleurs, Lili ne mangera pas, ou si peu, sur le pouce, car il faut ranger les courses et s'occuper en même temps des enfants.

Le reste de la journée se passe. Lili croise les doigts pour ne plus subir de catastrophe ou d'accident et son vœu silencieux est exaucé. Une fois les filles au lit, elle prend un bon bain mousse, soigne son doigt et son nez, avale un antidouleur et se couche pour s'endormir tout de suite, lourdement.

Une semaine plus tard, lors du rendez-vous de Sacha chez l'ORL, Lili demande au docteur s'il peut jeter un coup d'œil à son nez. La douleur s'est estompée, mais la sensation de poivre quand elle respire perdure.

— Si vous avez cinq minutes à m'accorder, ajoute Lili qui ne veut pas ennuyer le spécialiste et qui sait qu'il y a beaucoup de monde dans la salle d'attente.

— Mais bien sûr ! lance-t-il tout sourire.

Il l'ausculte, et recule sur son siège en dévisageant la jeune femme avec un drôle d'air.

— Eh bien ! dit-il enfin. Il s'agit d'une fracture du nez, et vous avez de la chance, elle est bien droite.

Lili écarquille les yeux et touche son nez du bout des doigts.

— Une fracture ? De... la chance ? murmure-t-elle, effarée.

— Oui, de la chance. Si la fracture n'avait pas été droite, il aurait fallu recasser le nez pour le replacer correctement.

Oh misère. Oui, une petite chance pour son nez... car pour le reste, rien ne lui a été épargné !

Le temps a passé et Lili peut enfin sourire au souvenir de cette pire journée cata. Elle en a fait un poème qu'elle a publié sur le forum de poésies :

Fable d'une dure journée

En voulant réveiller,
Mon petit ange de bébé,
Sur sa tête j'ai déposé,
Une douce caresse, un baiser.
Mais son petit front satiné,
D'un seul coup s'est redressé,
Me fracturant net le nez !
La journée ne faisait que débuter.
Après l'école, j'ai filé,
En voiture, bien installée,
Mon volant s'est braqué,
Et soudain j'ai hurlé,
Car mon petit doigt s'est luxé !
Sur le parking des courses, suis arrivée,
Ai fait mes achats, écœurée,
De tout le mal que je ressentais.
Vers ma voiture, me suis dirigée,
Mais là, la batterie m'a lâchée.
Heureusement un gentil pépé,
A proposé de venir m'aider.
Et là ! Une furie est passée,
Me criant de laisser « pépé ».
L'épouse du messie révoltée,

De son sac à main qui tournoyait,
A bien failli m'assommer !
Il est à tirer une moralité :

Journée mal commencée,
Se poursuit jusqu'en soirée.

Un petit extrait en plus pour les trente-sept ans de Lili :

Lili ne fait jamais les choses à moitié et c'est toujours « tout » plutôt que « rien ». Mais je ne vous apprends plus grand-chose là.

Il en est de même pour le ménage. Oui, ce sacro-saint ménage qui peut rendre totalement maboul quand on aime la propreté. Ce « ménage » qui fait hurler les femmes quand les conjoints suivent les traces de leur papa en s'installant dans le canapé au lieu de donner un coup de main.

Lili avait eu une idée de génie, quelques années plus tôt, alors qu'Erwan et elle venaient de s'établir ensemble, et qu'elle rangeait tout à la maison en plus d'assurer ses heures au travail. L'idée ? Ne plus rien faire jusqu'à ce que son homme soit si écœuré qu'il se mette à nettoyer de lui-même.

C'est ainsi que la vaisselle sale trôna sur tous les meubles de la cuisine. Dans le couloir, les sacs-poubelle pleins et odorants s'alignèrent contre le mur. Les habits jonchaient la moquette des chambres... en résumé, l'appartement se mit à ressembler à une véritable décharge publique.

Cela dura une semaine, Lili tint bon... et Erwan également.

Un matin, le vendredi, la jeune femme fit un malaise au travail. Sa patronne, qui était d'une gentillesse infinie décida de ramener Lili chez elle pour qu'elle se repose. Sur le moment, cette dernière avait complètement oublié l'état de son chez-soi, mais quand elle-même et sa patronne passèrent le pas de la porte, une honte absolue envahit la jeune femme. Qui s'accentua avec le hoquet de stupeur de son boss.

Comment lui dire que ce n'était pas l'état habituel de sa maison ? Comment expliquer que c'était pour donner une leçon à Erwan ? Lili n'en eut pas le temps, sa patronne s'en alla rapidement en lui lançant un : « Vous avez besoin de beaucoup de repos, et peut-être d'une aide-ménagère ! »

Ben voyons...

Lili avait voulu donner une bonne leçon à son homme et celle-ci se retournait contre elle.

Voilà pourquoi – pour revenir au début du chapitre – Lili range, astique, brique et aère inlassablement.

La journée est passée, tout est si propre que l'on pourrait se mirer sur le verni des meubles. Reste le parquet que Lili lorgne d'un air rêveur. Pourquoi ne pas le nourrir d'un petit peu de cire ? Et puis, ça sentirait si bon.

L'idée lui a à peine effleuré l'esprit, que la jeune femme est déjà en train de vaporiser la cire sur les lames de bois. De ses patins, elle frotte en glissant et étale le produit jusqu'à ce que le parquet en soit imprégné. Au final, cela sent effectivement bon la cire d'abeille et le plancher brille de mille feux sous la caresse des rayons du soleil.

Oui, mais voilà... Ça glisse, et c'est pire que d'être sur une patinoire. Pour quitter la cuisine, Lili se raccroche frénétiquement à la poignée de la porte en faisant presque le grand écart et en dérapant de plus belle pour se redresser. D'une torsion du bassin, elle s'élance vers le meuble à chaussures, puis vers le banc dans l'entrée, le tout en jurant à chaque fois que ses pieds ripent et lui font adopter des positions dignes du plus expérimenté des contorsionnistes.

Un coup d'œil vers le salon, et Lili se dit qu'elle n'y arrivera jamais. C'est en rampant à quatre pattes qu'elle parviendra finalement jusqu'au canapé.

Quelques heures plus tard, Lili lave frénétiquement le sol. Erwan et les filles sont rentrés et ont bien failli se casser le coccyx. Il faut absolument réparer sa dernière bêtise, ou tout le monde va finir à l'hôpital, et là, elle sera la risée du service médical.

Elle les entend déjà :

«

— *Trois membres de la même famille*

victimes de fractures à leur domicile... comment est-ce arrivé ?

Réponse de Lili :
— J'ai trop ciré mon parquet...
Réaction des urgentistes :
— Mouaha ha haaaaaaa ! ! »

-17-
Moments de solitude, l'an 2009

Lili a trente-huit ans

Nous connaissons toutes et tous de grands moments de solitude dans notre existence. Cela se produit très souvent dans des situations que nous ne maîtrisons pas. Par étourderie, par malchance, ils nous plongent dans un embarras total et peuvent nous couvrir de honte. Pour celles et ceux à qui cela arrive, l'envie prenante de se cacher dans un trou de souris devient alors vitale, pour les autres, les spectateurs, ce n'est qu'un pur instant d'humour, en général.

Lili a souvent connu de grands moments de solitude, et cela n'est pas près de s'arrêter, elle le sait. Elle est tombée dans le chaudron à bêtises quand elle était petite, elle en a également bien conscience.

Cela n'est pas dû à une déficience mentale, car Lili ne manque pas d'intelligence, loin de là. Son esprit est tout le temps en fonction, il s'allume même la nuit – tel un ordinateur faisant « bip » – et la réveille pour lui soumettre des tas de données et d'informations qui la poussent à se lever et à travailler. Lili, depuis quelques années, bosse à domicile comme secrétaire comptable.

Lili est en réalité une hyperactive. Elle est

capable de faire plusieurs choses à la fois, à tel point que l'on pourrait croire qu'elle a des clones cachés dans ses placards. Mis à part un truc : celui de téléphoner et d'aller aux toilettes en même temps. Ne riez pas ! Lili connaît quelques personnes qui n'ont aucune gêne : elle ne dira pas combien de fois elle a perçu des bruits étranges, suivis de celui de la chasse d'eau, alors qu'elle était en pleine conversation téléphonique.

La jeune femme est une sorte de *Wonder Woman*... sans le short bleu étoilé qui, soit dit en passant, ressemble plus à une couche Pampers mal ajustée pour adultes, et sans l'hyper moulant rikiki décolleté rouge et doré largement bâillant.

Dans l'esprit de Lili, les pensées se bousculent également, à l'instar de voitures roulant aux heures de pointe sur les immenses axes routiers des métropoles françaises. Ce qui peut des fois occasionner une surcharge au niveau de sa mémoire, et, dans ces instants-là, Lili a du mal à trouver un mot ou un nom qu'elle recherche désespérément alors qu'il est là, sur le bout de sa langue.

Voici trois grands moments de solitude qui se sont produits la même année et que Lili ne peut évidemment pas oublier, tant ils l'ont marquée :

Le premier. Cela se déroule un jour de janvier 2009, un vendredi pour être plus précis, à la sortie des classes de primaires de ses filles. Il y a beaucoup de monde en cette fin de journée et de semaine à attendre dans les couloirs que les portes s'ouvrent sur les chers angelots.

À cet instant, Lili est pile-poil devant la classe de Sacha, sept ans, un mot est accroché sur le panneau blanc de l'entrée :

« *Chers parents,*
Les poux sont de retour ! Nous vous prions de vérifier et de traiter, si nécessaire, la chevelure de votre enfant. Ainsi que ses vêtements, bonnet, literie... Bla-bla-bla... »

Des poux ! Lili pâlit et se tourne vers Héléna et Christine, deux mamans qu'elle apprécie énormément et qui lui sont devenues proches depuis quelque temps.

Les deux femmes et Lili se tiennent à la tête d'une interminable file de parents et, ce soir, il y a vraiment beaucoup de monde dans ce couloir exigu. Vive les semaines de trente-cinq heures !

— Encore ! s'exclame Lili dépitée, car Sacha et Énora sont toujours victimes de ces sales bestioles.

— Ne nous en parle pas, marmonne Héléna d'un air fataliste.

Mais pour une fois, Lili a moins peur de trouver des poux dans les longs cheveux de ses filles, car la pharmacienne qui la suit depuis bientôt huit ans, lui a conseillé un excellent produit pour éradiquer les parasites. Surtout pour le bien-être d'Énora qui fait de l'asthme et qui ne peut pas utiliser n'importe quoi sous peine de voir sa respiration gênée. La jeune femme en parle à ses amies :

— J'ai un super nouveau produit, radical au premier traitement, et sans agents chimiques. Il n'y a que des huiles essentielles. Cela étouffe les poux et les lentes se détachent du cheveu au premier shampoing.

— C'est vrai ? lance Christine, vivement

intéressée, tout comme Héléna et tous les parents qui se tiennent près des trois femmes et font semblant de ne pas les écouter.

— Oh oui ! continue Lili. Que du bio. Ça sent juste un peu fort l'anis et la lavande, mais vraiment, je vous le conseille.

— Quel est le nom de ce produit miracle ? demande Héléna que Lili a convaincue.

Arrive le moment fatidique de « surchauffe de mémoire » où Lili ne trouve plus le nom qu'elle cherche... La jeune femme se rappelle seulement qu'il se termine par « ix ».

Ix, ix... bon sang ! Lili ne se souvient plus du reste, jusqu'à ce qu'un mot jaillisse de sa bouche sans qu'elle puisse le retenir, et sur le coup, Lili ne se rend pas compte... que ce n'est pas le bon :

— Manix ! Je vous assure, il est formidable, ajoute-t-elle encore.

Après un silence qui semble durer indéfiniment, Héléna, Christine comme les parents – surtout les pères – qui sont assez proches de Lili, se mettent à rire aux éclats, juste au moment où les enfants sortent.

Alors c'est la cohue, pas le temps de réfléchir

à ce qui vient de se produire. Il faut chercher Énora dans une autre classe. Faisant cela, Lili croise les mêmes parents qui rient à nouveau en l'apercevant, tout comme ses deux amies. La jeune femme s'offusque *in petto* en se demandant quelle est la cause de cette hilarité. Jusqu'à ce que la lumière se fasse dans son esprit et qu'apparaisse le réel nom du produit : Paranix.

Et Lili a dit... Manix, le nom d'une marque de préservatifs bien connue... pour lutter contre les poux !

— Oh non, marmonne Lili les joues empourprées de honte.

Elle comprend enfin pourquoi tout le monde riait et la voilà qui vit un des plus grands moments de solitude de sa vie.

Allez, avec un peu de chance, les parents et mes amies vont rapidement oublier, se rassure-t-elle en sortant dans la cour, sous la pluie, tout en tenant fermement les petites mains de Sacha et Énora.

Non, ils n'ont pas oublié et pour cause, Lili a fait fort en disant Manix au lieu de Paranix !

Le deuxième. Cela se passe quelques mois plus tard, en juin, juste avant les grandes vacances. La pluie a fait place au soleil et comme toujours à l'approche de cette période tant attendue par les enfants – beaucoup moins par nombre de parents – les chaînes de télévision se mettent à diffuser de vieux films humoristiques.

Ce samedi soir chez Lili et Erwan, c'est un peu la fête, car Énora et Sacha ont le droit de regarder le film. Il s'agit de *La guerre des boutons* réalisé par Yves Robert en 1962. Tout d'abord Lili et Erwan doivent sévir, car les filles papotent beaucoup et ne comprennent pas pourquoi les images sont en noir et blanc. Il faut donc souvent leur demander le silence sous peine d'aller au lit.

— Oui mais maman, tu avais quel âge dans le film ? veut savoir Énora.

— T'étais toute grise comme eux aussi ? ajoute Sacha.

— Tu avais une robe de princesse ? reprend Énora.

— Les dinosaures existaient ? lance encore Sacha.

— Stop ! s'écrie Erwan en secouant la tête en direction de Lili.

Ce qui signifie clairement : je te l'avais bien dit que ce n'était pas une bonne idée.

D'accord, les filles sont petites, mais à sept et neuf ans, regarder un film le soir, en famille, et de temps en temps, cela ne peut vraiment pas faire de mal. Et bientôt, grâce aux péripéties des garnements de la comédie, les fillettes se taisent comme par miracle et rient de leurs bêtises.

    La soirée s'écoule merveilleusement bien, et l'heure du coucher arrive. Un peu mouvementée, car Énora et Sacha chantent en chœur la chanson du P'tit Gibus et ne donnent pas signe d'avoir sommeil. En faisant la voix forte, et avec un peu de patience, tout rentre dans l'ordre et les enfants s'endorment. Avec les paupières fermées, leurs longs cils noirs caressant leurs joues rondes, elles ont vraiment l'air d'anges. L'air seulement...

    Vient le lundi matin, et la reprise de l'école. Aujourd'hui Énora et Sacha vont à la cantine, car Lili souhaite absolument avancer dans son travail. Un gros dossier pour un client l'attend.

    Les fillettes rechignent à manger à la cantine et boudent dans la voiture, et soudain ce sont les cris. Sacha se moque de sa grande sœur parce qu'elle a un trou dans son pantalon. Dans l'esprit de Lili, ça fait « Tilt » et elle a subitement une idée pour détendre l'atmosphère. Elle se met à chanter à tue-tête la chanson du P'Tit Gibus :

    — Mon pantalon, est décousu, si ça continue on verra l'trou... d'mon pantalon, est décousu, si ça continue on verra l'trou...

La magie fonctionne, voilà que les filles reprennent en chœur la chanson rigolote. En cinq minutes, tout le monde est devant l'école. Là, il faut faire taire les chipies, ça, c'est une autre histoire, et les enfants disparaissent dans la cour de récréation pour rejoindre leurs copines et copains.

Ouf, Lili peut rentrer à la maison pour faire son ménage et travailler, le tout l'esprit tranquille.

La journée passe à la vitesse de l'éclair, et il est déjà l'heure de chercher les puces. Lili se dépêche donc de prendre la voiture, de se garer sur le parking de l'école et retrouve ses amies Héléna et Christine près des grilles de l'entrée. Puisqu'il fait beau, et à la demande du directeur de l'établissement, c'est en cet endroit aéré que les parents doivent désormais attendre les enfants.

Brusquement, un silence général se fait, et le son de petites voix haut perchées se fait entendre. De la porte des primaires sortent des bambins qui se tiennent deux par deux, et en ligne, et qui chantent à pleins poumons... la chanson du P'Tit Gibus.

Lili retient son souffle, et rougit violemment en comprenant que ses filles ont appris à leurs amis la fameuse composition musicale. Sans compter qu'ils miment la démarche militaire des enfants du film, et qu'ils chantent fort... très fort.

Lili a un hoquet en apercevant la joyeuse équipée avancer sous le nez du directeur ahuri, juste au moment où ils entonnent le passage « on verra l'trou »... Sacha et Énora mènent la tête du groupe, et bien évidemment, Héléna et Christine se retournent vers Lili... qui ne sait plus comment se tenir, ni quoi dire. Elle vit son deuxième grand moment de solitude, tandis que tous les parents présents rient à n'en plus finir, et que des regards vont des enfants à Lili. Bien sûr... qui d'autre aurait pu fomenter cette belle farce ?

Le directeur ne rit pas... lui. Et Lili non plus. Mais cela viendra plus tard, beaucoup plus tard. Et alors, Lili pourra s'amuser de cette mémorable mésaventure et retenir la leçon de ne rien apprendre aux enfants qui pourraient choquer les oreilles des adultes.

Le troisième. Nous sommes en octobre, la période où les feuilles dorées et mortes des arbres s'envolent dans les airs pour tapisser ensuite les routes, trottoirs et chemins de la ville de Brest. Ce spectacle est nettement plus beau et fabuleux dans les campagnes. Mais l'histoire qui se déroule maintenant, se passe à nouveau à la sortie de l'école.

Lili et une maman qu'elle ne connaît pas trop, discutent de tout et de rien en attendant le bus des enfants. Ces derniers reviennent d'une sortie piscine, et il est déjà midi bien sonné.

Toutes deux se tiennent sur le trottoir tapissé de feuilles mortes provenant des arbres aux branches dégarnies qui les surplombent. Elles sont seules, car les autres parents ont mis leurs angelots à la cantine. Le jour de la piscine, les petits n'ont que trois quarts d'heure pour manger, et beaucoup, par facilité, préfèrent les laisser aux bons soins de l'établissement scolaire.

Tout en discutant, Lili piétine sur place. Sans avoir conscience de ses actes, elle s'amuse à patiner sur le tapis mordoré qui recouvre le trottoir. Et puis Lili réalise et continue en ayant l'impression de se tenir sur une plaque givrée tant le sol est glissant.

Mais petit à petit, quelque chose change. Tout se passe dans l'air ambiant. Lili fronce le nez de dégoût et la maman qui se trouve à ses côtés ne fait pas mieux.

— Avec toutes ces feuilles mortes, les canalisations doivent une nouvelle fois être obstruées, dit la maman en se frottant le nez comme pour faire disparaître les effluves nauséabonds.

Lili ne peut qu'acquiescer à ses paroles et respirer par la bouche. Et puis soudain, elle se lasse de faire des glissades, et jette un coup d'œil sur ses pieds bottés, avant de fermer les yeux de consternation.

C'est le moment d'être discrète... mais impossible. La maman a suivi son mouvement et pousse une grande exclamation avant de faire un bond de côté. Pour Lili, il est bien trop tard. Car, au lieu de glisser sur des feuilles mortes comme elle le croyait, elle patauge allègrement dans une énorme crotte de chien.

Le cuir de ses bottes noir en est tout tartiné, et les mauvaises odeurs qui soulèvent le cœur... viennent de là, et non des canalisations.

— Je... Je vais attendre les enfants plus loin, s'excuse la maman en fuyant Lili.

— Faites donc, soupire la jeune femme en

cherchant du regard un espace herbeux pour pouvoir essuyer ses semelles.

Il y en a bien une misérable zone, pas assez importante pour pouvoir se nettoyer. Et Lili connaît ainsi son troisième grand moment de solitude et affiche un air détaché, le nez en hauteur, en glissant cette fois-ci sur l'herbe.

Elle n'arrivera jamais à enlever complètement les immondices et dans la voiture qui les conduira, ses filles et elle, jusqu'à la maison, tout le monde ouvrira les fenêtres en grand sous peine de vomir à l'intérieur du véhicule.

Lili vous conseille, pour finir ce chapitre, de bien faire attention aux traîtresses feuilles mortes qui peuvent cacher votre pire ennemi. Cet épisode sera connu dans la famille comme : le moonwalk de la honte.

-18-
Histoire d'une tomate, l'an 2010

Lili a trente-neuf ans

Nous sommes le week-end du 4 décembre 2010. Le samedi précédent, Lili a fêté dignement ses trente-neuf ans. Mais ce soir, c'est un tout autre événement qui est célébré : le départ en retraite du chef d'équipe d'Erwan.

Le chef, Jean, a invité ses collègues les plus proches à venir dîner à la maison. D'ailleurs, ce sont plus des amis que des collègues, et le départ de Jean marque un tournant assez triste pour tout le monde. Ce ne sera plus jamais la même chose au boulot sans lui. Erwan le dit assez souvent à Lili et elle le comprend très bien.

Ce n'est pas le premier repas que fait l'équipe des hommes accompagnés de leurs épouses. Toutes et tous ont vraiment sympathisé, et c'est à chaque fois un réel bonheur de se retrouver. Pour l'occasion, Sacha et Énora sont chez les parents de Lili qui sont installés depuis longtemps en Bretagne et ont un appartement non loin du sien.

La soirée peut donc se dérouler sans tracasseries, entre grands. Et tant mieux, les fillettes n'ont pas besoin d'être témoins de leurs bêtises. Car quand le groupe est réuni, les plaisanteries fusent et la bonne humeur est de rigueur.

Ce samedi soir, on laisse la tristesse du départ de Jean de côté et on lui fait honneur. Les hommes offrent une excellente bouteille d'un vieux whisky de vingt ans d'âge à leur ami, et les femmes, un énorme bouquet de fleurs à Rosa, son épouse. Et comme de coutume, les hôtes ont mis les petits plats dans les grands : dans le salon, deux longues tables aux nappes blanches sont dressées et n'attendent plus que les convives.

Durant l'apéritif, on parle de tout et de rien, et l'on s'amuse beaucoup. Le repas se déroule sans heurts, d'ailleurs, pourquoi y en aurait-il ? Lili fait son pitre, comme d'habitude, sous le regard aimant et surtout conciliant d'Erwan.

Jean et Rosa ont un chien, un minuscule bouledogue français. Lili est en charge de le surveiller, car c'est un chapardeur. Oui, mais l'apéritif est passé par là, comme le bon verre de vin rouge qui accompagnait les entrées. Il est tout le temps plein, c'est drôlement magique, non ? Lili tourne la tête une seconde après avoir bu une gorgée, et quand elle pose derechef les yeux sur son verre... il est rempli presque à ras bord !

Donc... le chien. Au moment de débarrasser les assiettes, Lili lorgne sur le toutou qui, malgré ses minuscules pattes, arrive à sauter sur une chaise, puis sur la table, et avant que la jeune femme ne puisse faire quoi que ce soit, voilà que ce petit monstre poilu au nez aplati lippe dans un verre.

Oups !

Tant pis, il ira dormir dans un coin. Ben non, il tient le coup et ça a l'air de lui plaire, car il recommence à un autre bout de la table avant de revenir vers Lili. Cette dernière a conscience qu'elle a bu un peu plus que de mesure, et sait qu'elle ne tient pas bien l'alcool. Ce qui explique peut-être l'acte suivant, car, sans réfléchir, l'esprit quelque peu embrumé, elle tend son ballon au chien pour qu'il l'aide à le finir.

Non, ce n'est pas bien, mais le toutou a l'air d'avoir très soif. Puis Lili rencontre le regard noir d'Erwan qui vient de la prendre en flagrant délit d'influence. Mea culpa, elle promet de se tenir correctement pour le reste de la soirée, et pour commencer, elle remplit tous ses verres par du

« Château-la-Pompe[1] » bien frais. En faisant cela, elle ne risquera plus rien.

Le repas se déroule en toute quiétude, entre les blagues et les rires. La bonne ambiance est reine. À la fin du plat principal, et avant les fromages, les collègues d'Erwan, et lui-même, offrent quelques surprises supplémentaires à Jean, dont une énorme raquette de ping-pong qui fait au moins dix fois la taille normale.

Quelqu'un pose pour s'amuser une tomate cerise au centre de la raquette. Pourquoi ? Lili n'est pas en état de trouver une réponse. Comme elle ne comprend pas pourquoi apparaît, presque sous son nez, un marteau. Il trône sur la blancheur immaculée de la nappe... à quelques centimètres de la tomate, comme pour la narguer.

Lili commet parfois des actes totalement indépendants de sa volonté. C'est un peu comme si quelqu'un d'autre agissait à sa place. Genre « Lili est possédée par un démon ». Comme dans un rêve, la voilà qui saisit la poignée du marteau, le soulève vivement, et aplatit plusieurs fois la tomate dans de gros « splach » bien sonores.

---
[1] Château-la-Pompe : Eau.

Elle revient à la réalité en entendant les exclamations de surprise de son entourage et lève les yeux de la plate tomate pour les poser ensuite sur son voisin de table. Il porte une chemise blanche... constellée de taches rouges. Et il n'est pas le seul : tous les hommes à la ronde, vêtus à l'instar du malheureux, dont Erwan, ont copieusement été aspergés du jus de tomate.

Re oups !

Lili se rend également compte d'avoir commis son méfait au moment où l'un des collègues d'Erwan est debout, tenant une grande feuille, et qu'elle l'a interrompu en plein discours en l'honneur de Jean. Il est bouche bée devant l'assemblée des gars qui s'essuient et baisse la tête pour voir s'il n'a pas été lui aussi touché.

La scène est tellement comique que Lili se met à pleurer de rire. Elle ne peut pas s'en empêcher, et les épouses font comme elle. D'autant plus quand les hommes tentent de frotter les taches avec des serviettes en papier rouge. Ils ne se rendent pas compte que c'est pire qu'auparavant, la teinture carmin de la serviette s'alignant sur celle du jus.

Lili se lève et part chercher une éponge pour réparer les dégâts. Il y a des éclaboussures partout : sur la hotte de la cheminée, la tapisserie, le plafond. Après le rire, Lili se sent honteuse, mais Jean et Rosa ne sont en aucun cas offusqués, bien au contraire ! La scène a été si cocasse que l'on ne peut vraiment pas en vouloir à Lili.

Depuis cet épisode qui a été filmé, ce qu'apprit Lili plus tard, et largement diffusé sur le lieu de travail des hommes, les blagues sur les tomates collent à la peau de la jeune femme. D'ailleurs, à tous les repas qui ont suivi, trônait à côté de l'assiette de Lili, une belle et ronde tomate... en plastique.

Jean et Rosa ont, depuis, refait la tapisserie de leur salon. D'après eux, il restait encore quelques taches rouges qui les ont fait sourire en repensant à cette fameuse et inoubliable soirée.

-19-
Paris, l'an 2012

Lili a quarante et un ans

Première partie

Ahhh... Paris et ses merveilles ! La tour Eiffel, Montmartre, les Champs-Élysées, le Louvre, le Moulin Rouge, les Catacombes, etc. C'est dans la « Ville Lumière » que Lili et Erwan ont rendez-vous avec des amis particuliers. Jamais vus, connus sur la « toile[1] », sur une page dédiée à une auteure française que tous suivent pour ses romans fantastiques où des Highlanders sont les héros. D'ailleurs, la page internet s'appelle « Le clan », en hommage à la saga et c'est donc le grand jour : celui de la première rencontre du *clan*.

Nous sommes un samedi du mois de mai 2012. L'avion d'Erwan et Lili, en provenance de Brest, vient de se poser à « l'arrêt au port » d'un terminal de Roissy-Charles-de-Gaulle vers dix heures du matin. L'endroit est immense, divisé en plusieurs stations, c'est un véritable labyrinthe. On s'y perdrait aussi facilement qu'une aiguille dans une meule de foin. Cependant, Lili est confiante, avec Erwan à ses côtés, elle arrive

---
1   La toile : Internet.

toujours à bonne destination.

Pour cette première rencontre, tout le monde a réservé dans le même hôtel, le *Mary's*. « Tout le monde » se résume à trois autres personnes en plus du couple brestois. Il y a là Tom un Messin, Cindy une Lorraine, et Isabelle la Parisienne et créatrice de la page du clan.

Erwan est en charge de louer une voiture tandis que Lili joue aux guides et copilote. Ils quittent ensuite l'aéroport en direction de Paris-Centre.

— Tu es certaine que ce sont les bonnes coordonnées ? demande Erwan après avoir entré les données dans le GPS.

— Oui, répond Lili en souriant. Il n'y a pas trente-six *Mary's hôtel* de toute façon.

La jeune femme est confiante, elle ne jette même pas un coup d'œil sur le papier de réservation de l'hôtel. En tout cas, le GPS a trouvé tout de suite l'adresse. Alors, pas de panique.

La voiture quitte le boulevard périphérique et s'engage dans les rues grouillantes de véhicules de la capitale. C'est de la folie ici ! Les gens roulent sans permis ou quoi ? Lili préfère fermer les yeux tant elle est effarée par la conduite de tous ces chauffards.

Remarque, Erwan ne fait pas mieux :

— À Paris, si tu ne forces pas le passage, t'es foutu ! lance-t-il simplement en faisant une queue-de-poisson à un nigaud qui venait de lui faire la même chose quelques minutes auparavant.

— Le feu est rouge ! crie Lili en cherchant frénétiquement la pédale de frein de son pied droit.

Bien sûr, du côté passager, il n'y en a pas. Erwan pile net tandis que la « Gourde qui Parle toute Seule » annonce d'une voix monocorde qu'il faut tourner à gauche au prochain carrefour. Il va falloir foncer pour ne pas se faire rentrer dedans ! Mais pas de problèmes, Erwan maîtrise la situation à la perfection et sourit des rafales de klaxons qui pleuvent sur eux.

— Ils sont fous ces gens, souffle Lili qui ferme derechef les paupières d'effroi.

Enfin, ils arrivent au *Mary's*, mais pas moyen de se garer... évidemment. Erwan tourne autour du pâté d'immeubles pour trouver une place tandis que Lili téléphone à Tom pour lui annoncer qu'ils sont à destination.

— Hello Tom, nous cherchons un endroit pour la voiture et on se retrouve à l'hôtel. Ah ? Vous êtes tous déjà là ? Vous êtes où ? Ah... au café en face de l'hôtel... d'accord, on vous y rejoint et on déposera les bagages plus tard. OK... à tout de suite !

Lili est toute joyeuse et super impatiente de faire la connaissance du trio Tom-Cindy-Isabelle.

— Ils sont arrivés ? s'enquiert Erwan en manœuvrant la voiture comme un chef et en se garant dans une minuscule place.

— Oh oui, et ils sont installés à la terrasse d'un café non loin du *Mary's*. Dépêchons-nous de les retrouver !

Il rit de la fébrilité de sa tendre épouse et l'instant suivant, le couple se met en marche pour rallier l'hôtel. Il y a une bonne trotte, car ils se sont garés à Perpète les Moulineaux[1]. Qu'à cela ne tienne, les voilà bientôt devant l'établissement et le téléphone de Lili sonne à nouveau. Cette fois, c'est Isabelle :

---

1 Perpète les Moulineaux : Terme désignant un lieu lointain et hypothétique.

— Vous êtes où ? dit-elle de sa belle voix grave et paisible.

— Devant le *Mary's* ! s'exclame Lili en riant. Et votre café, il se situe où ?

— Tu ne peux pas le louper, il est à une centaine de mètres de l'hôtel et il a un auvent orange.

Lili jette un coup d'œil à droite, puis à gauche, et n'apercevant rien ressemblant à un auvent orange, en fait part à Isabelle :

— Je ne le vois pas.

— Tu ne peux pas le louper, je te dis !

— D'accord, à tout de suite ! répond Lili avant de couper la communication.

Elle informe Erwan et tous deux se mettent à la recherche du fameux café. Ils font plusieurs fois le tour du grand pâté d'immeubles, rentrent dans toutes les buvettes... mais au bout d'une demi-heure, Erwan et Lili sont toujours seuls. Impossible de trouver Tom, Cindy et Isabelle !

— Bon, écoute, dit Cindy avec son superbe accent lorrain et chantant alors que Lili vient de l'appeler, Tom est parti vous rejoindre devant l'hôtel. Vous n'aurez qu'à le suivre après.

— Super, on fait comme ça ! lance Lili soulagée par cette heureuse initiative.

Re marche, re attente au *Mary's*. Au bout de dix minutes, toujours pas de Tom, et re communication avec lui :

— Vous êtes où ? interroge ce dernier.

— Devant l'hôtel, soupire Lili de lassitude avant de sourire et de s'exclamer, tu es en retard !

— Ah non ! rit Tom. C'est vous, parce que je suis également devant l'hôtel.

Lili ne sait plus quoi dire et se demande si Tom n'est pas l'homme invisible ou s'il ne leur fait pas une belle farce. Du coup, elle passe son téléphone portable à Erwan qui lui lance des regards interrogateurs.

Soudain, Lili a un doute et elle éprouve cette étrange et reconnaissable sensation qu'elle a toujours quand elle commet une bêtise. Tandis qu'Erwan et Tom discutent, elle fouille dans son sac fourre-tout à la recherche de la feuille de réservation du *Mary's*, chose qu'elle aurait dû faire à l'aéroport avant de partir à l'aventure.

— Demande à Tom l'adresse de l'établissement, murmure Lili en direction d'Erwan qui ouvre de grands yeux avant de secouer la tête d'un air fataliste.

Il a compris...

Lili les a conduits sur une fausse piste. Innocemment, la jeune femme a cru que le *Mary's* était unique. Mais non, c'est en fait le nom d'une chaîne d'hôtellerie, et bien évidemment, Erwan et Lili ne sont pas au bon endroit !

Cela fait plus d'une heure qu'ils tournent en rond, sous un soleil de plomb, et auraient continué de le faire... si Tom n'avait pas eu l'idée de les rejoindre « virtuellement ».

Il faudra une heure de plus au couple pour remonter dans la voiture, rentrer la bonne adresse dans le GPS, jouer aux autotamponneuses avec les Parisiens, et rejoindre le trio d'amis à la fameuse buvette munie d'un auvent orange. Lili était repérée en tant que miss gaffette... pour la première fois de la journée.

Les retrouvailles furent dignement fêtées et l'anecdote du *Mary's hôtel* fit encore longtemps rire dans certaines chaumières du centre et de l'est de la France, comme en Bretagne.

Deuxième partie.

Le même samedi, tout le monde a fortement sympathisé autour d'un bon panache pour se désaltérer des heures de marche et d'attente. Et oui, l'on peut faire de magnifiques rencontres sur le net, car les femmes comme les hommes s'entendent à merveille. C'est comme s'ils s'étaient connus de longue date.

L'équipée du « clan » quitte le café en direction du *Mary's* pour déposer les bagages d'Erwan et Lili, il est treize heures et les estomacs hurlent famine.

— Je vous propose d'aller manger dans un restaurant près de Notre-Dame, suggère Isabelle la belle brune parisienne, toujours de sa voix si paisible et grave.

Dans un cri du cœur, tous acceptent à l'unisson, et les voilà qui empruntent les transports en commun – là, il s'agit du bus – pour rejoindre le parvis de la majestueuse cathédrale.

La place est noire de monde, des touristes en majorité, qui se retournent sur le groupe de Lili. Pour une bonne raison... Isabelle a prévenu la jeune femme, par messagerie sur internet, qu'elle devait absolument faire attention aux pickpockets qui grouillent dans la capitale et ne pas porter de sacs ou d'affaires trop précieuses et voyantes sur soi.

Lili a bien écouté, et pour déjouer les voleurs, elle a tout simplement bourré ses poches d'objets les plus farfelus et sonores : nez de clown qui fait « pouet-pouet », pelote de poils piquants, lunettes de soleil à fausse moustache, boîte à musique qui fait « meuh ». Elle a tout un arsenal.

Mais voilà, à chaque pas et mouvement de son manteau, tout ce bric-à-brac fait un bruit du tonnerre. Le nez de clown en premier. Alors, l'air de rien, Lili avance la tête haute et s'amuse des gens qui l'entourent et qui cherchent la provenance de tous ces sons incongrus.

— T'es une peste ! pouffe Cindy avant d'éclater de rire avec Lili et Isabelle en dignes complices.

Une chipie plutôt, de ce point de vue-là, tout le monde est d'accord. Et ces artifices vont faire malheur bien plus tard, à la plus grande distraction de tous. Car après le repas copieux qu'ils prennent dans un bon restaurant, le groupe se décide à monter sur une péniche pour faire une promenade sur la Seine. Et là... il y a les Chinois. La cata !

Ils sont partout, n'ont aucun savoir-vivre,

parlent fort, pètent, crachent, et se mettent devant vous avec leurs immenses tablettes tactiles pour capturer des images gigantesques au moment où vous voulez faire des photos avec votre tout petit téléphone portable. Ils sont les rois de l'impolitesse absolue.

Devant Lili, sur la péniche, sont assis plusieurs de ces zigotos. Dont un papi qui parle sans arrêt et pète allègrement en soulevant sa fesse gauche. La première fois, Lili est outrée et échange des regards ahuris avec Cindy, Erwan et Tom. Quant à Isabelle... elle a l'air blasée.

La seconde fois que le papy lève la fesse, Lili actionne dans sa poche son nez de clown sonore, et le refera à chaque fois que le Chinois lâchera un vent tonitruant. Il se met en colère, cherche à savoir qui se moque de lui et finit par quitter sa place pour aller polluer l'oxygène un peu plus loin. Impossible de ne pas rire à gorge déployée, Lili a vraiment vengé l'honneur des Français. Après les péniches, c'est direction le métro.

La première porte pour atteindre les rames est fermée... par une voiture qui s'est garée sur les marches descendantes. C'est incroyable de voir ça ! Il va falloir une dépanneuse pour la sortir de là. D'après la plaque d'immatriculation, le conducteur est belge. Encore un qui se disputait avec le GPS au lieu de regarder sa route. Le voilà bien embêté.

Dans le métro, Lili sait qu'elle a une alliée des pitreries en son amie Cindy. Elle est aussi miss catastrophe qu'elle. Isabelle a à peine le temps de prévenir que les portes du métro se ferment rapidement. Cindy se trouve séparée du groupe et contemple d'un air désespéré ses compagnons au travers de la vitre de la porte, les mains appuyées sur la glace dans un appel au secours silencieux. On ne sait comment, mais par un heureux hasard, les battants s'ouvrent à nouveau, et Cindy rejoint l'équipée en riant de ce mauvais tour.

— Ce que j'ai eu peur de vous perdre ! s'écrie-t-elle de son charmant accent lorrain.

— On se serait retrouvé au prochain arrêt, sourit Isabelle avant de conduire sa troupe dans le compartiment du nouveau métro qui se présente.

Pour la suite, tout se passe bien. Le « clan » a décidé d'aller boire un verre au café du Louvre, la rame de métro doit les mener directement au pied du plus grand musée de Paris.

Et là, alors que tout le monde sort du compartiment, les miss gaffettes entrent en action. Isabelle et Erwan ont déjà passé un portique avec des battants mobiles qui contrôlent le flux des voyageurs. De leur côté, Cindy et Lili fouillent dans leur sac à la recherche de leur ticket de métro.

— Zut ! peste Lili en cherchant son billet. Je ne le trouve pas ! Ah si... mais où est la fente pour faire glisser ce truc ?

Cindy imite Lili et toutes deux provoquent un bouchon monumental à la sortie du métro, car elles empêchent les gens de circuler et s'efforcent de trouver comment insérer leur ticket pour actionner le tourniquet de sortie... qui n'en a pas besoin, comme tous les Parisiens le savent.

— Regarde ta chère et tendre, marmonne Isabelle en direction d'Erwan avant d'être saisie d'un fou rire monstrueux en apercevant Lili et Cindy qui s'échinent à faire glisser leur ticket dans une fente... qui n'existe pas.

Et pour cause, il suffit de pousser le tourniquet avec les jambes pour passer. Bien sûr, la scène est tellement cocasse que personne ne le leur dit. Cela dure bien plus de dix minutes. Les Parisiens, toujours pressés, pour une fois prennent le temps de rire, tandis que Tom fait des photos pour immortaliser l'instant et qu'au-dessus de Lili et Cindy, une caméra filme le tout.

Un jour, dans un bêtisier, si vous voyez deux femmes dans la posture indiquée plus haut, vous saurez immédiatement que les héroïnes de ce court-métrage sont Lili et Cindy. Et puis, ne riez pas, cela peut également vous arriver !

-20-
Une commande digne de Muriel Robin, l'an 2013

Lili a quarante-deux ans

L'histoire qui va suivre se déroule neuf mois après la première rencontre du « clan », le 23 février 2013. C'est le moment de relater la fabuleuse commande digne de Muriel Robin !

Cela se passe toujours à Paris, dans sa banlieue, pour plus de précision, et Lili a rendez-vous avec ses amies de cœur Cindy et Isabelle, comme d'autres qu'elle va rencontrer pour la première fois comme Marie-Charlotte, Floriane, Charlotte, Marcelle, Paul et Marjorie. Erwan et Tom – dommage pour eux – ne peuvent pas être de la partie pour ce deuxième événement. Et quel événement !

Car il se déroule lors du Salon du livre de science-fiction, fantasy et fantastique de Zone Franche. Le groupe doit y rencontrer ses auteurs favoris pour revenir avec de belles dédicaces. La romancière qui est à l'origine de la naissance du « clan » sera là, comme bien d'autres, et Lili a fait la liste de tous les livres à acquérir et des écrivains présents au salon. Pour une fois, elle voyage léger : le strict minimum dans son bagage pour l'avion, car elle ne doit pas dépasser les vingt-trois kilos pour son retour.

C'est la vie passionnante d'une lectrice addicte : se munir d'une valise presque vide et de sacs solides pour les remplir de tous les livres désirés avec les précieuses dédicaces en trophées. Une passion électrisante qui va de salon en salon pour finir dans un canapé, ou un lit douillet, avec une romance dans les mains qui entraîne le lecteur dans des univers éloignés et envoûtants.

Les amis se retrouvent à l'hôtel où ils ont loué des chambres, déposent leurs effets, et partent au Salon qui se situe à moins d'un kilomètre, munis de leurs sacs et appareils photos. Là-bas, ils rencontrent d'autres membres du « clan » qui habitent la région parisienne ou ses proches environs. Heureusement que tout le monde n'est pas là, cela ferait un déplacement de cent trente-sept personnes d'un coup !

L'ambiance au Salon est exaltante, les auteurs sont souriants, très accueillants, et prennent la peine comme le temps de discuter avec tout le monde, sans oublier de se prêter à la pause photo. Que de beaux souvenirs Lili et ses amis vont ramener à la maison ! Les filles ont des étoiles plein les yeux, Paul également, et ils ressortent de la salle polyvalente magnifiquement décorée en échangeant leurs impressions sur les romans qu'ils viennent d'acquérir.

Le froid ambiant et la neige qui tombe forcent le groupe à retourner à l'hôtel au plus vite. Lili est fatiguée et ne sent plus ses pauvres pieds ; Cindy, Isabelle et les filles sont toutes dans le même état. Seul Paul paraît alerte et se moque gentiment de la fragilité toute féminine. Ce n'est pas lui qui a sur le dos un sac contenant au moins dix kilos de livres !

— Mais si, je vous l'affirme, Lili s'était encore trompée dans sa réservation d'hôtel, fait Isabelle en direction de Cindy et du groupe qui presse le pas sur le trottoir que la neige transforme lentement en patinoire et riant encore de cette anecdote qui s'est passée quelques mois plus tôt sur le Net.

Lili devait s'occuper de réserver sa chambre et avait noté le nom de l'hôtel donné en messagerie par Isabelle. Tout de suite, les lits à baldaquin l'avaient séduite, et en quelques clics sur le site d'hôtels pas chers, elle avait validé...

— Ce sont les lits qui ont été la cause de mon erreur, rit Lili de bon cœur.

— Et ? Tu avais réservé où ? veut savoir Marie-Charlotte qui s'amuse déjà par avance de la réponse de Lili qui porte le titre suprême de « clown du clan ».

— À Valence, pouffe Isabelle. Même nom d'hôtel... mais pas du tout au bon endroit !

— T'en loupes pas une, lance Cindy en mélangeant son rire cristallin aux autres.

C'est toujours en riant que le groupe arrive à l'hôtel où tous rejoignent leurs chambres pour se relaxer un moment avant de se donner rendez-vous au salon de l'hôtel.

Dehors, la neige tombe abondamment et il n'y a plus guère de monde à circuler dans les rues. Les gens se calfeutrent bien au chaud chez eux. Il est déjà 19 h et Lili rejoint ses amis dans le salon avant de s'affaler dans un canapé de cuir noir.

— Hummm... ce que j'ai faim et soif ! s'écrie-t-elle d'un air théâtralement mourant.

Et là, c'est le chahut, tout le monde saute sur Lili et tous font mine de se bagarrer comme de vilains garnements. Après les rires vient l'heure de décider où manger. Impossible de sortir à l'aventure pour trouver un restaurant. C'est le gentil monsieur souriant de l'accueil qui leur offre la solution :

— Nous avons des prospectus de restos rapides. Vous pouvez passer commande et ils viendront vous livrer.

Quelle excellente idée ! Ainsi, tout le monde restera bien au chaud, dans le super salon douillet, tout en se faisant servir un petit apéritif.

— Une desperados pour moi ! s'exclame Lili qui en meurt d'envie.

— Moi aussi ! lance Paul avant que les filles n'énumèrent chacune à leur tour la boisson de leurs rêves.

C'est ainsi que se poursuit la soirée tandis que la carte du resto rapide passe de main en main et que chacun choisit son menu avant de noter sa commande sur un minuscule bout de papier. Il va de soi que certaines écritures sont dignes de celles des toubibs : illisibles !

— J'en ai une autre ! s'exclame Lili alors que c'est le moment d'échanger des blagues pour patienter avant de passer commande.

— Vas-y ! s'amusent Floriane et Charlotte.

— OK, alors, comment appelle-t-on un gendarme assis sur un tracteur ?

(Encore un tracteur... décidément)

— Langue au chat, répond Cindy après un moment où Lili ne cesse de faire non de la tête tout en riant des réponses de tous.

— Un poulet fermier !

— Extra ! s'amuse Isabelle.

— Au fait, qui vient aux Imaginales cette année ? demande Cindy.

— Moi ! s'écrie Lili. Je ne peux pas louper le Salon du livre d'Épinal, il y aura Alexandra Ivy et Gail Carriger !

— Oh oui, coupe Isabelle de sa voix grave, et tu m'as promis de me ramener des dédicaces d'Ivy.

— Je n'oublierai pas, répond Lili en jetant un clin d'œil complice à son amie.

— Qui passe la commande ? demande soudain Paul en secouant en l'air la petite feuille où s'aligne l'écriture des neuf personnes présentes.

— Lili ! clament Marie-Charlotte et sa sœur Marcelle tandis que tous les doigts convergent vers la jeune femme bouche bée.

La bonne blague ! Ils plaisantent ? Ben non, ils ont l'air très sérieux même si les amis de Lili rient beaucoup. Voir le clown du clan en action n'a tout bonnement aucun prix.

Lili soupire, boit une gorgée de sa desperados, s'extirpe de son confortable canapé et prend son téléphone portable. L'instant suivant, elle saisit la liste des commandes et se met un peu à l'écart pour téléphoner en paix. Bien qu'elle sache qu'elle ne l'aura pas... la paix. Pour preuves les rires et les ricanements de ses garnements d'amis qui la guettent avec malice.

Encore un gros soupir, et Lili se lance. Elle compose le numéro de « Mooti Pizza » :

— Mooti Pizza, Aldo pour vous servir ?

Aldo ? Vraiment ? Lili écarquille les yeux et sent le fou rire la saisir. Parce qu'Aldo n'a pas du tout l'accent italien, mais bien plus celui du « *C'est bon comme là-bas, dit*[1] » !

De leur côté, ses amis se dévisagent en se demandant pourquoi rit Lili. S'ils savaient, ça

---

1 C'est bon comme là-bas, dit : Phrase finale et célèbre de la publicité pour le couscous Garbit.

commence bien !

— Allô ? fait Aldo d'un ton plus pressé tandis que la jeune femme reprend son souffle et se pince le nez pour ne pas pouffer.

— Oui, bonsoir. J'aimerais passer une commande pour neuf personnes, le tout sera à livrer à l'hôtel « Au Lion dort ».

— Pas de problème, je vous écoute.

— Le plus simple, si vous avez un stylo, serait que je vous donne les menus un par un.

— Oui.

Un instant se passe sans qu'Aldo ne donne plus signe de vie.

— Vous avez votre stylo ? s'enquiert Lili qui attend poliment que le serveur soit prêt à noter.

— Depuis un moment, je vous écoute.

— Bien, alors on commence par un menu pizza campagnarde.

— En boisson ?

— Un coca 50 cl.

— Ah non, nous n'avons que des 33 cl.

— Alors, va pour ça.

— Un coca ?

— Oui !

Lili fait une telle tête en se demandant si le reste de la commande va se dérouler à l'identique, que ses amis se mettent à rire bruyamment, ce qu'entend très bien le serveur Aldo.

— C'est une blague ? Parce que si c'en est une, je raccroche tout de suite !

— Non, non, monsieur, supplie Lili qui meurt de rire et se contient difficilement, elle en pleure, et cherche derechef son souffle. Nous sommes affamés, il faut vraiment prendre notre commande. Alors, nous étions au coca 50 cl...

— Non, 33, parce que du 50...

— Vous n'en avez pas, termine Lili qui fait signe à son groupe de se taire.

— Ils sont foufous vos amis, s'amuse enfin Aldo, pris au jeu.

— Oui, très ! Ils n'auront pas de dessert s'ils continuent.

— On les mangera tous les deux, susurre le serveur au téléphone.

Lili écarquille les yeux et regarde le portable avec les joues en feu. Non mais ! Aldo la drague maintenant ?

— Euh... donc, après la boisson, en dessert,

il y a marqué : tarte au citron.

— C'est noté, ensuite ?

— Voilà pour la première, alors, deuxième commande... attendez... je n'arrive pas à lire (Lili s'adresse au groupe en levant la tête de la feuille), qui a commandé un Egg... quelque chose ?

C'est Marcelle qui lève le doigt :

— Un menu Egg & Cheese !

Lili hoche la tête et recommence à parler au téléphone, mais Aldo la coupe, et lui cloue à nouveau le bec :

— J'ai entendu... vous avez une superbe voix...

Pas de doute, il la drague ! S'il n'avait pas l'accent maghrébin prononcé, il ferait un excellent italien-charmeur-patenté.

— Euh... merci... boisson... eau... 50 cl...

— Dessert ?

— Tarte aux pommes 50 cl, annonce Lili avant de mettre la main sur sa bouche comme elle se rend compte de sa bêtise.

Voilà le genre de chose, ou d'ânerie, que les amis de Lili attendaient. Eux, comme Aldo, se mettent à rire fortement et sur les joues de Lili coulent des larmes dues à sa propre hilarité tandis qu'elle se force à rester sérieuse.

Cette commande ne prendra jamais fin !

— Là, c'est une commande spéciale, car la personne a des allergies au piment, poivron et paprika... et elle désire des pâtes bolognaises, reprend Lili.

À l'autre bout du fil, elle entend Aldo demander – ou hurler – pour se renseigner auprès des cuistots, et quelques secondes plus tard :

— C'est bon, il n'y a rien de tout ça dans les bolos.

Lili se demande ce que peuvent bien contenir les bolos, justement... une purée de tomates avec un soupçon de viande ?

— Comme boisson ?

— Eau, je passe pour la quantité, s'amuse Lili.

— Dessert ?

— Un taramissouri.

Encore une fois, les amis de la jeune femme se tordent de rire et certains sortent des mouchoirs de leur poche ou sac pour essuyer leurs larmes de joie.

— Vous voulez dire un tiramisu, non ? se moque également Aldo.

— Oui, c'est ça, un tiramissouri...

Non, décidément, le nom de ce dessert est définitivement imprononçable pour Lili, en tous les cas, pour ce soir.

La commande pour Charlotte est prise en compte, vient le tour de Floriane, et Lili ouvre de grands yeux :

— Alors, dit-elle, il y a un menu et beaucoup de boissons.

— Je note, répond Aldo qui est en fait vraiment très très patient, ou alors il n'y a personne d'autre à commander chez eux.

— Un menu panini thon avec des frites et un coca 50 cl.

— Non, 33.

— Ah oui, plus deux sodas 33, plus un Ice Tea 33, et une bouteille d'eau 33.

— Non, 50.

— Pardon ? s'étonne Lili.

— L'eau... c'est 50 cl, s'amuse Aldo le tombeur.

Lili va en rêver toute la nuit de ces 33 et

50 cl ! Et voilà que les autres s'étouffent encore de rire. Eh bien ! La prochaine fois, ce ne sera pas elle qui commandera, et là... rira bien qui rira le dernier.

— Dessert ?

— Tarte aux pommes.

Le reste de la commande se passe sans plus de mal, Paul et Marjorie ont pris un menu pizza, Cindy un menu escalope normande et pâtes, et Lili un menu escalope milanaise et frites. Tous quatre ont choisi de l'eau et une tarte aux pommes pour finir.

Reste dame Isabelle... la chipie ! Elle a fait exprès ou quoi ? ! Elle a écrit de manière à ce que Lili n'arrive pas à lire.

— Alors... je vois... un truc... grec !

Aldo s'amuse, il répond du tac au tac :

— Un sandwich grec, le menu. Avec salade, tomates et oignons ?

Lili est perdue, elle fait passer le mot à Isabelle à chaque fois qu'Aldo lui demande s'il faut ajouter un ingrédient. L'amie de Lili rigole, ses yeux pétillent de malice. Elle savait que son menu allait être un vrai calvaire à commander pour la jeune femme.

— Sans tomates, avec des oignons et oui... de la salade, et des frites.

— Ensuite ? La boisson ?

— Il y a... alors, l'offre de la bouteille d'eau à 1 litre...

— Ah non, c'est pour le menu du midi, sinon c'est l'eau à...

— Oui, je sais ! Celle-là alors ! s'écrie Lili en parlant comme une mitraillette. On passe au dessert ?

— Non, mademoiselle, susurre Aldo, il me faut la sauce pour le sandwich.

Oh misère, quand est-ce que Lili verra le bout du tunnel ? Elle demande à Isabelle sa sauce.

— Une blanche ! jette alors Lili au téléphone avant de s'effondrer sur la table devant elle.

Bien sûr, c'est du cinéma, mais la jeune femme vient de vivre la pire commande de sa vie !

— Ce sera tout ?

Il est fou cet Aldo ! C'est déjà bien assez !

— Oui.

— Bien, cela fera tel montant et je vous livre dans la demi-heure à venir.

— Vous faites également le livreur ? s'étonne Lili, un brin sarcastique.

— Ce soir uniquement, pour venir vous voir.

Et il raccroche, plantant Lili, bouche bée avec son téléphone au bout des doigts. Elle rejoint son groupe et tous s'amusent de plus belle en la mimant et en relatant les instants mémorables de la « commande ». La tarte aux pommes 50 cl a fait un effet monstre, comme celui du « tiramisu » imprononçable. On regrette de n'avoir pas filmé (Lili n'en est pas mécontente, il y a déjà une vidéo d'elle avec une certaine tomate circulant sur le Net), mais Charlotte et Marjorie ont fait des photos.

Le serveur arrivera bien une heure après, il fera deux tours pour livrer les menus. Il s'amusera avec le groupe et mettra un temps fou pour revenir déposer les derniers plats. Là, il annoncera qu'il reviendra encore une fois, car au vu du prix de la commande, le groupe a le droit à un pot gigantesque – soi-disant – d'une glace de leur choix.

Le groupe choisit la vanille et fit part à Aldo

qu'il manquait le plat de Marcelle.

Mais... Aldo ne revint plus jamais. La glace offerte resta en mode chimère, et l'on partagea les plats pour que Marcelle puisse également se restaurer. Cette histoire fait partie des grands moments de la vie de Lili. Un souvenir cher à son cœur.

-21-
Les transports en commun

Pour ce chapitre, il n'y aura pas de date, ni d'âge pour Lili, car les transports en commun ont invariablement été la bête noire de la jeune femme, et cela, depuis son plus jeune âge.

Dans le bus qui la conduisait à l'école, il n'y avait jamais de place et c'était devenu un lieu de bagarre également. Plus tard, Lili s'aperçut qu'elle suffoquait d'être entourée de gens dans des habitacles exigus. Mais ses pires moments se sont souvent déroulés lors de voyages en avion ou en train. Là encore, Lili se dit, avec le recul, que son ange gardien a toujours répondu présent pour préméditer les mauvais coups.

Comme vous le savez tous maintenant, chers lecteurs, Lili est ce que l'on appelle, dans le domaine de la littérature, une boulimique des mots. Sa passion, ce sont les livres, et pour la vivre à cent pour cent, Lili se déplace régulièrement à l'autre bout de la France pour rencontrer des auteurs dans les salons. Des romans avec dédicace... sa bibliothèque en déborde. D'ailleurs, il va sérieusement falloir songer à faire main basse sur une partie du bureau d'Erwan pour installer d'autres meubles de rangement.

Les femmes, en général, aiment avoir leur garde-robe pleine à craquer. Elles collectionnent les chaussures, les vernis à ongles, ou font un élevage de hamsters ou de poissons rouges. Lili... non. De ce point de vue-là, elle est sage comme une image. Son « argent de poche » va aux livres.

Maintenant que nous avons fait le tour de la situation, nous pouvons parler des transports en commun. Lili, donc, voyage beaucoup. En voiture, quand les événements littéraires se produisent non loin de chez elle, ce qui est rare, mais sinon, c'est l'avion. Le train est définitivement exclu ! Pourquoi ?

La dernière fois que Lili a pris le train, c'était pour traverser toute la France, d'ouest en est, aller et retour. Et l'on peut dire que cela ne s'est pas bien passé du tout. Lili devait se rendre au Salon du livre « Les Imaginales » à Épinal, et ce, pour cinq jours.

Voici l'histoire :

Lili arrive à la gare de Brest à 9 h 45 un mercredi matin, le 22 mai 2013. Elle a une valise pleine avec ses effets pour le séjour, et plusieurs sacs qui lui serviront à transporter les livres qu'elle souhaite acquérir. À peine est-elle dans le hall, qu'elle se rend compte de la modification de l'horaire de départ, il n'est plus à 10 h 35... mais à 11 h 38. Elle va devoir attendre un petit moment. Qu'à cela ne tienne, Lili a de la lecture et s'achète quelques boissons pour la route. Pour ce qui est de manger, elle s'est fait un super sandwich pain de mie, fromage et jambon et le dégustera plus tard.

À quoi ça sert d'avoir un TGV à Brest ? D'une part, jusqu'à Rennes, il avance presque comme une vieille micheline, d'autre part, il fait halte dans tous les patelins. Sans compter que sur une portion d'un kilomètre, il roule à la vitesse d'un escargot, car un éboulement a eu lieu sur la voie qui est en réparation.

À partir de Rennes, les choses deviennent plus sérieuses, il n'y a même plus cinq minutes pour descendre fumer un bout de cigarette lors des escales, qu'il faut déjà remonter dans le compartiment au risque de se faire planter sur le quai. Les fumeurs font du sport, à leur manière, parole de Lili.

Lors d'un arrêt à une heure de la capitale, l'estomac de la jeune femme se met à crier famine.

Elle pose son livre sur un coin de la tablette, sort son sandwich de son sac et le déballe en salivant d'avance. Autour d'elle, c'est le chahut des voyageurs qui montent et cherchent leur place en jonglant avec les autres passagers et les valises volumineuses.

Lili a enfin ouvert son papier aluminium et regarde son casse-croûte avec envie. Oui, mais voilà, au même moment, chose qui se fait rare de nos jours, une passagère décide de laisser circuler un autre voyageur en se décalant vers Lili et pose ses fesses sur sa tablette... et le sandwich.

Lili n'a pas le temps de dire ouf, ni celui d'émettre une exclamation choquée, que la passagère se redresse et s'en va comme si de rien n'était. À une exception près... elle a le sandwich de Lili collé à son postérieur.

— Adieu mon repas, souffle la jeune femme en faisant un signe d'au revoir à son casse-croûte.

Accroché comme il l'est, il est certain que Lili

a encore une fois dû le tartiner un peu fortement en beurre salé. Oh... le beurre salé...

Lili va mourir de faim, car à part les livres, il ne lui reste que des boissons. C'est la cata, sans compter que le compartiment restauration se trouve dix wagons avant le sien. Alors que le train entame sa dernière portion de route, Lili va se chercher un en-cas et revient s'installer pour le manger en guettant d'un œil féroce les autres passagers. Interdiction de toucher à son nonos ! Sinon, Lili mord !

Paris, gare Montparnasse... tout un programme. Avec ses lourds bagages – on se demande ce que Lili a bien pu mettre dedans[1] – c'est du « n'importe quoi » de rejoindre le métro qui la conduira à la gare de l'Est. Pas d'ascenseurs, que des escaliers et des gens affreusement pressés. D'ailleurs, énorme bon point aux femmes qui aident Lili à passer les escaliers et zéro pointé aux hommes qui la regardent en souriant en coin, ou

---

[1] Liste du bagage : Une tenue pour chaque jour, des chaussures... pour chaque jour. Un sèche-cheveux, un lisseur, un épilateur électronique, deux tousses de toilette, brosse, gilets, un manteau chaud, un ordinateur portable, des cadeaux pour les auteurs favoris et tout un tas de babioles diverses et variées.

en faisant la grimace à chaque fois que sa valise à roulettes émet de gros « pocs » en descendant chaque marche. S'ils ont mal aux oreilles, ils n'ont qu'à l'assister... mais non.

Le métro, le ticket, c'est bon. Lili est maintenant rodée et elle arrive à 17 h à la gare de l'Est, littéralement sur les rotules. Elle a un peu d'avance, le prochain train part à 18 h 13, tant mieux, car elle meurt de soif, n'a plus de stock, et va s'écrouler sur une chaise d'une terrasse du hall principal.

À la table attenante à la sienne, il y a un couple de cinquantenaires qui lui sourit gentiment. Elle doit être dans un piteux état. La serveuse arrive, prend la commande des gens, puis celle de Lili :

— Un panaché, s'il vous plaît, demande la jeune femme dans un souffle, la bouche très sèche. Plus de limonade que de bière, ajoute-t-elle vivement.

Cela ne serait pas le moment d'être pompette et de se tromper de train !

La serveuse revient quelques minutes plus tard, sert Lili avant le couple, et à peine a-t-elle le dos tourné que Lili descend son verre de moitié. C'est là qu'elle se rend compte que la serveuse a fortement dosé sa boisson en bière. Oh là là... tandis qu'elle se fait cette réflexion, le monsieur de la table voisine repose son verre en grimaçant et appelle vivement la serveuse :

— Je vous avais demandé une bière ! Pas un panaché !

Oups...

Lili regarde son récipient bien descendu, puis celui du monsieur. Effectivement, la couleur est bien plus claire dans le sien.

— C'est la jeune femme qui a votre verre, je me suis trompée, ça arrive, lance la serveuse d'une voix irritée avant de partir en plantant tout le monde.

Lili est vraiment désolée pour l'homme et le lui dit.

— On échange ? propose-t-il avec un sourire alors que son épouse rit doucement.

— Mais monsieur, j'ai déjà bu une bonne partie, et vous n'avez pas touché à votre verre, ce n'est pas juste.

— Ce n'est pas grave.

L'échange se fait et Lili, l'air de rien, se met à siroter son panaché. Ah oui, effectivement, il y a beaucoup de limonade.

Et c'est assurément légèrement pompette que Lili dit au revoir au couple pour se rendre vers le quai de départ où l'attend son train. Elle a bu trop vite, elle a un hoquet monstrueux et sent la bière à plein nez. Misère.

Lili décide de traîner ses bagages vers les grilles qui mènent à l'extérieur de la gare. Elle veut fumer une dernière cigarette avant d'embarquer pour les ultimes heures de voyage.

Et là... elle se dit qu'elle n'aurait pas dû ingurgiter de la bière, car elle se retrouve en pleine scène de la série *Esprits criminels*. Devant elle s'alignent des policiers et des militaires. On dirait qu'ils marchent droit sur elle.

— Mais je n'ai bu qu'une moitié de bière, je ne l'ai pas volée en plus, murmure-t-elle alors que l'équipée armée arrive presque à la toucher.

Les représentants de la loi lui font signe de reculer tandis que certains policiers placent des piliers et que d'autres y accrochent une longue bande jaune... comme dans les scènes de crime, justement. Mais que se passe-t-il ?

Lili entend bien un gars de la SNCF s'égosiller dans son micro, mais elle ne le comprend pas. D'ailleurs, il faut leur dire que de toute façon, quelle que soit la situation, ils sont incompréhensibles, leurs voix étant masquées par les bruits des voyageurs et des trains entrant ou sortant de la gare.

C'est par les gens qui se bousculent autour de Lili que la jeune femme apprend ce qu'il se passe.

— Un colis piégé !

Non, mais non ! Pendant deux heures, Lili attend patiemment. C'est long, très long. Mine de rien, elle va conduire un groupe d'enfants et leurs accompagnatrices derrière un énorme pilier rond de la gare. Au moins là, s'il y a une détonation, les enfants seront protégés des déflagrations par le rempart. Et puis, vers 20 h 30, c'est la délivrance. Les policiers et les militaires enlèvent leurs banderoles et laissent les passagers gagner les quais, dont celui où se trouve le train de Lili.

Il faut joindre l'hôtel pour prévenir la personne à l'accueil que Lili arrivera deux heures plus tard, soit à 22 h 30. Alors que le TGV roule à vive allure en direction de Nancy, le téléphone portable de Lili sonne. La personne qui appelle n'est pas répertoriée, et pour cause, c'est un cinglé qui a noté le numéro de son téléphone qui était affiché sur le papier SNCF bagage. Un autre conseil de Lili : ne jamais, jamais... écrire votre numéro de téléphone sur ces fichus bouts de papier ! Votre nom suffira pour vous retrouver si besoin, ou sinon, dites au revoir à vos affaires. Tout est mieux que de se coltiner un taré qui vous relance jour et nuit pendant une semaine. Chose qui est arrivée à Lili, il a fallu qu'elle dépose plainte dans un commissariat pour que tout s'arrête.

Voici enfin Épinal. Lili prend un taxi et se rend à son hôtel. C'est la fin de son calvaire et elle est dans un triste état en arrivant à l'accueil. C'est à tel point que la gérante de l'établissement lui offre un repas et un bon café et est aux petits soins pour la jeune femme. Il existe encore des gens bien et généreux.

L'aventure « train » est depuis finie et Lili

s'est rabattue sur... les avions. Ce n'est pas que Lili a peur de prendre l'avion, c'est... un je ne sais quoi d'inexplicable. Et surtout, la phobie des ailes. Car Lili se retrouve inévitablement à un siège au-dessus des ailes. Elle a beau suivre les conseils de son amie Isabelle qui voyage également par ce moyen de transport, comme de changer sa place lors de l'acquisition de son billet... non, elle est toujours au même endroit. Ah non, il y a eu deux exceptions :

La première, un voyage pour aller aux Pays-Bas. Lili était assise à l'arrière de l'appareil, un coucou pour une trentaine de personnes. Le décollage, pas de problèmes, mais dès que l'avion faisait mine de descendre, la porte des WC (juste à la droite de Lili) s'ouvrait en grinçant... sans que l'on puisse la fermer.

La deuxième et la meilleure. Tiens... toujours pour se rendre aux Imaginales, mais en 2014. Lili prend une correspondance Brest-Lyon et ensuite Lyon-Metz/Nancy. Pour le premier vol... elle est sur l'aile, pas de surprises, Lili fait avec. Pour le second... elle est en dessous !

L'avion qui fait la liaison vers Nancy/Metz

est un très vieux coucou, un truc[1] qui ressemble aux avions de chasse de la série *Les têtes brûlées* avec *Pappy Boyington*. Bon, il ne faut pas pousser, c'est juste son moteur à hélices accroché sous les ailes qui fait penser à ça, et le bruit également.

Lili s'amuse, rit toute seule de ce mauvais tour de son ange gardien et dans sa tête, la musique de la série suit le vrombissement tonitruant du moteur. L'avion vibre de partout et pour une fois, au vu des grimaces apeurées des autres passagers, Lili n'est pas la seule à ne pas être rassurée. Quelque chose d'autre attire l'attention de la jeune femme : une énorme mouche noire !

L'insecte fait des allées et venues dans le minuscule couloir qui sépare les sièges des voyageurs, et Lili se met à rire vraiment. Les nerfs ? Non... Car après la musique de la série des *Têtes Brûlées*, vient celle de *Zobi La Mouche*. Il est même étrange pour Lili de s'apercevoir que la mouche vole presque en rythme avec la chanson.

---

1 Le truc est en fait un ATR 42.

L'avion décollera en emportant Lili en dessous des nuages. Jamais il n'ira au-dessus. Elle se fera secouer comme une bouteille d'Orangina et fera sa prière avant l'atterrissage.

Au final, tout se passera bien, et la jeune femme soupirera de plaisir en se mettant au volant de son véhicule de location.

Lili, au volant d'une voiture, est une pro ! Gare aux ronds-points et aux sens interdits mal placés...

-22-
Les appareils électroniques

Là encore, pas de date. Lili fait partie des personnes qui doivent avoir de très fortes ondes magnétiques. Ce qui détraque communément les appareils électroniques.

Pour être plus juste, chez Lili, c'est l'étourderie qui les conduit à leur mort.

Les ampoules rendent l'âme très souvent alors qu'elle actionne l'interrupteur d'allumage. Ses ordinateurs portables, sous Win-blabla, chopent sans arrêt des virus. Le couvercle de son robot-mouletruc a été mouliné par inadvertance, car Lili avait oublié de l'enlever du bol (lieu où elle le range habituellement) avant de brancher la prise (et bien sûr, le bouton était en marche sur la position 1). Le régulateur de vitesse de la voiture la nargue et refuse de se mettre en fonction. Erwan se moquait gentiment et souvent de Lili jusqu'au jour où, alors que la jeune femme était au volant, il a essayé de le faire fonctionner... pas moyen !

Et puis il y a son téléphone portable, enfin, le vieux... l'ancien.

Il a tout connu : plusieurs bains de mer, emprisonné dans le meuble à chaussures, tombé un nombre incalculable de fois, et vous savez quoi ? Même pas mort !

Un jour que Lili travaille à son bureau, Énora et Sacha viennent la voir en courant. Elles sont petites et croient encore aux lutins qui vivent dans les radiateurs et font du bruit (les bulles d'air dans les conduits). Et les voilà qui chuchotent :

— Maman, les lutins sont dans le frigo. Ils font de la musique !

Le réfrigérateur qui fait de la musique ? Lili se lève de son siège et file dans la cuisine. Effectivement, une mélodie étouffée par la porte du volumineux appareil ménager se fait entendre. Une musique que Lili connaît bien !

— Mon téléphone portable ! C'est donc là qu'il se cachait ?

Évidemment, Lili n'y est pour rien, il s'est caché tout seul. Joie pour la jeune femme qui retrouve enfin son engin de malheur, et tristesse des fillettes qui découvrent que ce ne sont pas les lutins la cause du tapage.

Mais l'appareil qui a vraiment le plus souffert... c'est l'épilateur électronique. Lili est très coquette, même si elle ne voit personne ou ne sort pas, elle met un point d'honneur à prendre soin d'elle. Elle ne passe pas des heures dans la salle de bains, néanmoins, elle est toujours coiffée, maquillée, parfumée et bien habillée... mis à part, peut-être, ses sempiternelles chaussettes de grand-mère qu'elle utilise comme chaussons.

Mais voilà qu'un jour, après une semaine de travail harassant, Lili se rend compte qu'elle a oublié de s'épiler les jambes, et Erwan et elle sont attendus à un dîner avec des amis. Cela se déroule en été, et Lili souhaite vêtir une robe légère. Impossible de sortir avec des jambes à la « Robert » (c'est comme ça qu'Erwan l'appelle quand ses jambes piquent un chouia).

Lili fait tout très vite, elle ne sait pas prendre son temps, et c'est souvent comme ça que les catastrophes arrivent. Il faut également savoir, avant de lire la suite, que la jeune femme porte les cheveux très longs et ne les attache quasiment jamais.

Lili s'apprête donc à s'épiler.

D'habitude, elle utilise la crème, mais là, les minutes sont comptées. Elle pose la jambe en appui sur le rebord de la baignoire, se penche pour actionner l'épilateur sur sa peau et là, au moment où les pinces rotatives s'activent pour arracher les poils, la lourde masse de ses cheveux tombe en avant.

Les pinces se prennent tout de suite dans une longue mèche et voilà que l'épilateur avale les cheveux de Lili jusqu'à la racine. Le moteur fume et produit un son tonitruant avant de gémir, le cuir chevelu est mis à mal, et Lili bataille pour éteindre le maudit engin.

Elle se regarde dans la glace, l'épilateur dans la main qui pourrait tenir sans son aide, car, bien accroché au niveau de sa tempe droite.

— Et mince ! gronde Lili (même si elle a utilisé beaucoup d'autres mots pour pester à ce moment-là). C'est bien le moment d'inventer un nouveau bigoudi !

La peur saisit ensuite Lili, car, va-t-il falloir couper ses cheveux ? Si oui, cela va finir en une coupe à la bidasse ! Oh non... ses si beaux cheveux longs. Ils lui arrivent pratiquement à la taille !

C'est avec une infinie patience que Lili tire sur l'appareil, grimaçant très souvent au passage. Mais sa chevelure avant tout, l'épilateur ne gagnera pas.

Au final, Lili perdra quelques touffes, mais rien de dramatique. L'épilateur ressemblera à un gros rat roux fumant et mort, sentant le brûlé de surcroît. Depuis ce jour, Lili attachera toujours ses cheveux avant d'utiliser un tel appareil de torture.

Mesdames aux cheveux longs, Lili vous en conjure, pour ne pas être une nouvelle fois la risée de la famille, protégez vos mèches de vos étourderies.

-23-

La relève est assurée

Cela fait bien longtemps que Lili sait que la relève est assurée avec ses filles Énora et Sacha. Pauvres enfants, elles ont semblablement hérité de l'ange gardien farceur qui s'occupe de leur maman. Et quelque part, heureusement, car même si l'ange aime jalonner la vie de ces trois êtres de bourdes monstrueuses, il a également toujours été là dans les plus difficiles périodes. Sans lui, ces dernières auraient pu être catastrophiques, et loin d'être humoristiques.

Il y a deux moments notables où Lili s'est dit : « Elle aussi ».

Pour Sacha, la cadette, cela s'est passé alors qu'elle était en première année de maternelle. Deux ans et demi, et déjà tous les outils pour faire rire... mais pas sur le moment.

Cela fait quelques mois que Sacha est à l'école, juste le matin pour commencer. Elle est propre, ne porte plus de couches, est très éveillée, et pourrait faire des journées complètes. Néanmoins, Lili préfère que la petite reste à la maison l'après-midi, pour qu'elle puisse faire de bonnes siestes sereines sans être perturbée par ses camarades de classe.

Lili vient donc chercher sa puce et la maîtresse, l'air embêté, se présente à elle et l'emmène à l'écart des autres parents.

— Il faut que nous parlions.

— Oui ? fait Lili soudain inquiète devant le ton cérémonial de l'éducatrice et posant les yeux sur Sacha qui joue un peu plus loin.

— Nous avons un problème avec Sacha depuis quelque temps. Nous pensions le régler, mais il est évident que ce n'est pas possible.

Lili est vraiment soucieuse et elle s'attend au pire.

— Dites-moi tout, intime-t-elle pour encourager la maîtresse à parler.

Cette dernière se tord les mains, évite de rencontrer le regard de Lili et baisse la tête d'un air ennuyé. Enfin, elle finit par annoncer :

— Nous avons dû mettre Sacha à l'écart des garçons.

— Pardon ? souffle Lili en écarquillant les yeux et en se demandant si elle a bien tout saisi.

— Nous n'avons pas eu le choix, vous comprenez ?

— Non, pas vraiment. Je ne vois pas

pourquoi elle ne peut pas rester auprès de ses camarades masculins.

— Madame, elle les terrorise ! Dès qu'ils l'aperçoivent, ils pleurent et se cachent dans un coin de la classe.

— Mais... pourquoi ? Expliquez-vous !

La maîtresse prend son courage et lance :

— Elle s'est moquée de leur... de leur robinet aux toilettes !

Lili secoue la tête, s'esclaffe d'abord, puis dévisage l'autre femme d'un air interdit.

— Vous me racontez que ma fille a ri de se rendre compte de la différence des petits garçons et que ceux-ci sont terrorisés depuis ?

— Oui, mais madame, ce n'est pas rien ! s'offusque la maîtresse. Ça peut perturber sévèrement les enfants. Ce genre de choses ne se fait pas. Du coup, Sacha va aux toilettes avant tout le monde ou toute seule.

— Mais enfin ! Ce n'est qu'une petite fille ! C'est tout à fait normal qu'elle se gausse de la différence des autres. J'aurais fait de même à son âge.

Oups ! Lili aurait éventuellement dû dire

autre chose. Voilà que la maîtresse la dévisage de haut. Ben voyons, telle mère-telle fille. Sauf que Lili ne fait pas fuir Erwan !

— Il faudrait peut-être prendre un rendez-vous avec un psychologue...

Et allez... l'infernale rengaine de ceux qui ne savent pas régler des problèmes sans passer par un spécialiste !

— Ne vous en faites pas. Je m'occuperai de Sacha, dit Lili en prenant congé et en saisissant la main douce de sa fille pour sortir. Et vous, grandissez, ajoute-t-elle à voix basse, mais pas tout à fait, de sorte que la maîtresse puisse l'entendre.

Plus tard, Lili rira avec Sacha en lui expliquant la différence entre « Ken » et « Barbie » et lui demandera de ne plus jamais se moquer des garçons. La petite chipie promettra... et se gausse toujours d'eux aujourd'hui, mais d'une manière différente.

Énora... La douce aînée. Il y a eu des tas d'épisodes avant-coureurs également. Mais l'histoire la plus marquante s'est déroulée dans une église alors qu'elle avait quatre ans.

En ce beau jour d'avril 2004, un dimanche. Tout le monde se prépare pour le baptême du fils du cousin d'Erwan. Lili va devenir sa marraine. C'est un honneur pour elle. Les filles sont habillées et coiffées comme des princesses. Leurs robes roses en dentelle flottent autour d'elles à chaque fois qu'elles tournent sur elles-mêmes. De jolies petites fleurs rehaussent leur chignon par leur côté coloré. Ce que Lili est fière, elle a les plus belles poupées du monde. D'accord, pas les plus sages, mais vraiment, Lili et Erwan sont heureux.

Tous les invités arrivent à l'église, et au grand étonnement de la jeune femme, il y a plusieurs bébés à être baptisés en même temps. C'est la foire pour installer les familles, les parrains et les marraines, et Lili se retrouve dans les premiers rangs en essayant de calmer les chipies qui s'amusent à faire de l'écho avec leur voix.

La cérémonie commence, les prières, les chansons, les je me lève et je m'assoie cent mille fois. Cela dure bien une heure et demie. Mais c'est si émouvant de voir tous ces poupons dans leur belle robe blanche. Julien, le filleul de Lili, rit tout le temps, même quand l'eau du baptême coule sur son front.

De leur côté, Énora et Sacha donnent de forts signes d'agacement, il est temps que la célébration s'achève. Un grand banquet est prévu juste après où elles pourront se défouler avec tous leurs cousins et cousines.

Une femme s'avance pieusement dans la nef, et le curé l'engage à se diriger vers un pupitre muni d'un micro. Le silence devient religieux (sans jeu de mots), et la dame entonne un Ave Maria retentissant.

Les notes sont hautes, quelques-unes font grimacer et forcent les gens à afficher des sourires polis. Il n'y a que le mari qui semble en admiration. Jamais Lili n'aurait cru que l'Ave Maria contienne autant de strophes, ou alors, la chanteuse invente au fur et à mesure.

Enfin, le final arrive, digne de *Bianca Castafiore* dans Tintin. Lili regarde les poutres qui soutiennent la toiture de la nef et se demande encore comment elles ont pu résister aux ondes incroyables et néfastes de la voix de la femme. Au moins, elle a du coffre ! Personne ne peut dire le contraire.

Mais pour parler, personne ne le peut. Tout le monde semble assommé. Sauf... Énora.

Là, une voix douce, sucrée, celle d'un ange, s'élève et caresse le silence pour le faire sien. Énora, du haut de ses quatre ans, tourne son joli visage vers Lili, et lance :

— Pourquoi elle chante faux la dame ?

Sur le coup, plusieurs personnes éclatent de rire, Lili masque son fou rire derrière sa main alors que sa fille aînée attend sagement une réponse, tandis que la chanteuse disparaît comme par miracle.

Mais, après tout, ne dit-on pas que la vérité sort de la bouche des enfants ?

Douce Énora, ce jour-là, tu as dit tout haut ce que tous pensaient tout bas. Digne fille de ta mère, ton chemin de vie, comme celui de ta sœur, te procurera tous les bonheurs de la terre, et de quoi raconter des tas d'histoires à tes enfants et petits-enfants.

Un bel ange gardien veille sur vous.

www.ingramcontent.com/pod-product-compliance
Lightning Source LLC
LaVergne TN
LVHW020132080526
838202LV00047B/3921